Albert Camus

La Chute

•

전락

창비 세계문학

11

전락

알베르 까뮈

유영 옮김

창비

차례

•

전락

작품해설/인간적인, 너무도 인간적인 휴머니스트

작가연보

발간사

일러두기

1. 이 책은 Albert Camus, *La Chute*, Collection Bibliothèque de la Pléiade, TOME III (Gallimard, 2008)를 번역저본으로 삼았다.
2. 본문 중의 각주는 옮긴이의 것이다.
3. 외국어는 가급적 현지 발음에 준하여 표기하되, 일부 우리말로 굳어진 것은 관용을 따랐다.

선생님, 실례가 되지 않는다면 제가 좀 도와드릴까요? 이 가게의
운명을 쥐고 있는 저 점잖은 고릴라 씨가 당신 말을 알아듣지 못
할 것 같아서 하는 말입니다. 저 양반은 네덜란드 말밖에 할 줄 모
르거든요. 내가 당신을 대변할 수 있도록 해주지 않으면 그는 아마
당신이 진[1]을 원한다는 것도 알아채지 못할 겁니다. 아, 이제 말귀
를 알아들었나봅니다. 저렇게 고개를 끄덕이는 건 내 주문에 응하
겠다는 표시가 확실하거든요. 보십시오, 저기로 가고 있잖습니까.
서두르면서도 조심스럽게 천천히. 당신은 운이 참 좋군요. 저 양반

---

1 노간주나무 열매를 향료로 넣은 무색투명의 독한 증류주.

이 툴툴대지 않았으니까요. 시중들기 싫다 싶으면 그냥 한번 툴툴대고는 그것으로 끝입니다. 그럼 아무리 간청해도 먹히질 않는다니까요. 제 기분대로 하는 것, 이것이야말로 덩치 큰 동물들의 특권 아니겠습니까? 그럼 이만 물러가겠습니다, 선생님. 도움이 되어서 기뻤습니다. 방해가 되지 않는다면 받겠습니다만 이렇게까지 하시니 황송하군요. 그럼 내 잔을 당신 잔 옆에 놓도록 하지요.

당신 말이 옳습니다. 저 양반의 과묵함은 마치 입구까지 꽉 채워진 원시림의 침묵처럼 귀가 먹먹해질 지경이라니까요. 때로는 저 말없는 양반이 문명화된 나라의 말들을 끈질기게 혐오한다는 사실이 무척 놀랍기도 하지요. 그의 직업은 암스테르담의 이 바에서 온갖 국적의 선원들을 맞이하는 일이랍니다. 무슨 사연인지는 모르겠으나 그는 이 바를 '멕시코시티'라고 부르더군요. 이런 일을 업으로 삼는 사람이 저렇게 말을 모르고서야, 상당히 불편할 것 같지 않습니까? 크로마뇽인이 바벨탑에 기숙한다고 상상해보십시오! 적어도 그는 낯이 설어 고생할 것입니다. 그런데 저 양반은 어찌 된 영문인지, 자신이 타향살이를 하고 있다고 느끼기는커녕 그저 제 길을 묵묵히 걸어갈 뿐이지요. 어떤 것도 그의 결심을 흔들지 못한다니까요. 내가 그의 입에서 들은 몇 안되는 말들 중 하나는 '받아들이든지 내버려두든지 양단간에 결정하라'는 것입니다. 대체 무엇을 받아들이고 무엇을 버리라는 것일까요? 아마 저 양반 자신이겠지요. 솔직히 나는 저렇게 외골수인 사람한테 왠지 마음이 끌립니다. 직업상으로나 기질적으로, 인간에 관해 깊이 숙고하다보면 유인원들에 대한 향수를 느끼게 되지요. 이들에게는 도무지 저의底意라는 게 없거든요.

사실, 우리의 주인장은 겉으로 드러나진 않지만 다소 저의를 가지고 있답니다. 자기 면전에서 사람들이 말하는 걸 알아듣지 못하다보니 결국 남을 의심하는 성격을 갖게 된 거지요. 저토록 경계심 많고 근엄한 태도는 바로 여기서 비롯된 겁니다. 마치 사람들 사이에 뭔가 순조롭지 않은 일이 있는 게 아닌가 의심하는 것처럼 보이지요. 이런 기질 때문에 저 양반하고는 그의 직업과 관계없는 얘기를 나누기가 쉽지 않습니다. 가령 그의 머리 위로 안쪽 벽에, 네모난 빈 공간을 보십시오. 그림을 걸어놨다 뗀 자리지요. 사실 여기엔 특별히 관심을 끄는 그림 한점이 걸려 있었습니다. 진정한 걸작이라 할 만한 작품이었지요. 나는 이 집 주인이 이 그림을 받을 때도, 양도할 때도 그 자리에 있었습니다. 그는 매번 똑같은 의심을 품고 몇주 동안 심사숙고한 뒤에야 결정을 내렸지요. 이 점에 관해선 우리 사회가 솔직하고 순박한 그의 본성을 다소 망쳐놓았다는 걸 인정할 수밖에 없습니다.

지금 내가 그를 비판하고 있는 게 아니라는 것을 유념해주십시오. 그가 불신하는 데는 그만한 이유가 있을 겁니다. 또 보다시피 말하기를 좋아하는 내 성격과 부딪히지만 않는다면 나 또한 쉽사리 그리되었을 거고요. 하나 이 수다스러운 입을 어쩌겠습니까! 매번 너무 쉽게 인연을 맺어버리는걸. 적당한 거리를 유지하는 것이 좋은 줄 알면서도 모든 계기를 호기로 활용하곤 한다니까요. 프랑스에 살 때는 재기발랄한 사람을 보면 곧장 친분을 트지 않고는 배길 수가 없었답니다. 이런! 내 말투가 좀 거슬리는 모양이군요. 고백하건대, 대체로 이런 표현이나 고상한 말투를 쓰려는 것이 내 결점 중 하나랍니다. 나 스스로도 이 점을 자책하고 있다는 걸 믿어주십시오. 사실 고급 양말을 선호한다고 해서 반드시 발이 더럽다고 볼 수는 없지요. 이것은 나도 잘 압니다만, 그렇다 해도 말투란 포플린처럼 습진을 가리는 경우가 허다하지요. 그래서 말이 어눌한 사람들도 실상 순수한 것만은 아니라고 생각하면서 나 자신을 위로한답니다. 암, 그렇고말고요. 진이나 한 잔 더 합시다.

암스테르담에는 오래 체류할 생각이십니까? 참 아름다운 도시지요, 안 그렇습니까? 매혹적이라고요? 정말 오랜만에 들어보는 형용사로군요. 빠리를 떠난 이후, 그러니까 몇년 만에 처음 들어보는 말입니다. 하지만 내 마음은 그 추억을 간직하고 있어, 아름다운 우리의 수도도 그 강변도 하나도 잊은 게 없습니다. 빠리는 그야말로 겉치레의 도시요, 사백만의 그림자들이 머물고 있는 화려한 무대지요. 최근 조사에서는 거의 오백만이었다고요? 그새 새끼를 친 모양이로군요. 뭐, 새삼 놀랄 것도 없지요. 늘 생각하는 거지만, 내가 보기에 우리 동향인들은 유독 두가지에 열광하는 것 같습니다. 하나는 사상이고 또 하나는 섹스지요. 이를테면, 생각없이 무턱대고 빠져든다는 말입니다. 하지만 그들을 비난하는 건 삼가도록 하지요. 그들만 그런 게 아니라 온 유럽이 다 그러니까요. 이따금 후세 역사가들이 우리를 어떻게 평할지 상상해보곤 합니다. 현대인에 관해선 단 한 문장이면 족할 겁니다. 현대인은 섹스를 탐하고 신문을 애독했노라. 감히 단언하건대, 이처럼 강력한 정의를 내리고 나면 더 쓸 말이 없을 겁니다.

아, 아니요, 네덜란드 사람들은 그렇지 않습니다. 현대적인 것과는 거리가 아주 먼 사람들이거든요! 저들을 좀 보십시오. 무엇보다 여유가 있잖습니까. 저들이 무엇을 하느냐고요? 글쎄요, 저기 저 남자들은 저 여자들의 벌이로 살아가는 자들입니다. 하긴 남자든 여자든 대단한 속물들이지요. 저런 부류가 늘 그렇듯, 허세가 심하거나 어리석은 탓에 여기로 모여든 겁니다. 요컨대 상상력의 과잉이나 결핍 때문이라고 할 수 있지요. 저 남자들은 가끔 단도나 권총을 쓰기도 하는데 좋아서 하는 일이라고는 생각하지 마십시오. 단지 맡은 임무 때문에 어쩔 수 없이 그러는 것뿐이니까요. 그래서 마지막 총알을 쏘고 나면 공포에 질려 사색이 되어버리곤 하지요. 하지만 집안 식구들끼리 야금야금 서로를 잡아먹는 자들보다는 오히려 이들이 더 도덕적이라고 생각합니다. 혹 우리 사회가 이런 식의 청산을 위해 조직되어 있다고 생각해보신 적은 없습니까? 브라질의 강에 산다는 작은 물고기에 관해선 당연히 들었을 겁니다. 누군가 멋모르고 헤엄치려고 경솔히 강 속에 뛰어들었다가는, 엄청난 떼로 달려들어 그 작고 날랜 입으로 순식간에 먹어치우는 바람에 결국 새하얀 뼈만 남겨놓는다는 그 물고기 말입니다. 네, 그들의 조직이란 바로 이런 겁니다. "깨끗한 삶을 원하는가? 다른 사람들처럼?" 그럼 당연히 그렇다고 대답하겠지요. 어떻게 아니라고 하겠습니까? "좋다. 그럼 너를 당장 깨끗이 해주마. 여기 직업과 가족과 계획된 여가활동이 있다." 그러고는 작은 이빨로 살을 마구 뜯어먹는 겁니다. 뼈만 앙상히 남을 때까지. 하지만 말해놓고 보니 공정하지 않은 것 같군요. 이것을 그들의 조직이라고만 말해선 안될 겁니다. 결국 우리의 조직이니까요. 누가 먼저 상대를 깨끗이 치워버리느냐라는 점에선 다를 게 조금도 없지요.

드디어 우리가 주문한 진이 나오는군요. 당신의 성공과 행운을 위하여. 네, 고릴라 씨가 입을 열어 나를 박사라 부르는군요. 이 나라에서는 누구나 박사 아니면 교수랍니다. 다들 선량하고 겸손해서 남을 존경하기를 좋아하거든요. 여기서는 적어도 악의가 국가적으로 제도화되어 있지는 않습니다. 아무튼 난 의사가 아닙니다. 정 알고 싶다면 말씀드리지요. 이곳에 오기 전, 나는 변호사였습니다. 지금은 속죄판사고요.

그럼, 내 소개를 하겠습니다. 장바띠스뜨 끌라망스라고 합니다. 잘 부탁드립니다. 이렇게 알게 되어 반갑습니다. 실업계에 종사하는 분이시지요? 대충 비슷하다고요? 탁월한 대답입니다! 적절한 대답이기도 하고요. 우리는 매사를 대충 어림잡는 것뿐이니까요. 자, 그럼 탐정 흉내를 한번 내볼까요? 당신은 대충 나와 동갑이고, 세상물정을 두루 살펴서 이치에 밝은 사십대의 눈이군요. 복장은 우리나라 사람들처럼 잘 차려입었고 손은 아주 매끄럽습니다. 그러니까 대략 부르주아로군요! 그것도 세련된 부르주아! 사실, 고상한 말투에 반응을 보인다는 것이 당신의 교양을 이중으로 증명해줍니다. 첫째는 이런 말투를 알고 있다는 사실이고, 다음은 이것이 당신의 신경에 거슬린다는 사실입니다. 끝으로, 내 자랑은 아니지만 내 말에 크게 관심이 있어하는 걸 보면 당신은 생각이 많이 트인 분 같습니다. 따라서 당신은 대략…… 아니, 아무려면 어떻습니까? 직업보다는 어떤 부류의 인간인가 하는 점이 내겐 더 큰 관심사인걸요. 두가지만 물어봐도 되겠습니까? 무례한 질문이다 싶으면 대답하지 않으셔도 됩니다. 재산이 있습니까? 좀 있으시다고요? 좋습니다. 그럼 그 재산을 가난한 사람들과 나눈 적이 있습니까? 아니라고요. 그렇다면 당신은 내가 사두개파[2]라고 부르는 부류에 속하는군요. 성서를 애독하지 않는다면 감이 잘 안 잡히실 테지만요. 감이 잡힌다고요? 그럼 성서를 알고 계시는군요? 확실히 재미있는 분이라니까요.

나로 말하자면…… 아니, 당신이 직접 판단해보십시오. 키와 어깨, 그리고 흔히 야성적이라고들 하는 이 얼굴, 외양만 보면 차라리 럭비 선수에 가깝지 않습니까? 하지만 화술로 보자면 내 말솜씨가 다소 세련되었다는 걸 인정하지 않을 수 없을 겁니다. 내 외투에 털을 제공한 낙타는 옴을 앓았던 모양인지 털이 다 닳아빠져버렸습니다만 대신 손톱은 잘 다듬어져 있지요. 나 역시 세상물정을 잘 아는 사람입니다. 그런데도 당신의 외양만 보고 이렇게 경솔하게 속내를 털어놓고 있군요. 아무튼, 점잖은 태도와 고상한 말투

----

2 육체의 부활, 내세, 사후심판, 천사의 존재 등을 믿지 않고 현실적인 실리에 관심을 두었던 유대교의 한 분파.

에도 불구하고 나는 제이데이크Zeedijk의 선원들이 드나드는 바의 단골손님일 뿐입니다. 뭐, 더는 캐묻지 마십시오. 내 직업은, 인간이란 존재가 그러하듯 이중적인 것이지요. 앞서 말했다시피, 나는 속죄판사입니다. 나에 관해 딱 하나 분명한 사실은 아무것도 가진 게 없다는 겁니다. 네, 예전엔 부유했었지요. 아니요, 남들에게 나눠준 것은 아무것도 없습니다. 이것이 무엇을 증명하겠습니까? 나 역시 사두개인이었다는 말이지요…… 아! 항구의 싸이렌 소리가 들립니까? 오늘 밤엔 죄으더르제Zuyderzee에 안개가 끼겠군요.

벌써 가시려고요? 괜히 붙잡고 있었던 것 같아 죄송합니다. 괜찮으시다면 계산은 내가 하겠습니다. 이 멕시코시티에서는 내 집에 온 손님이나 다름없으니까요. 여기서 당신을 접대할 수 있어서 무척 기뻤습니다. 나는 분명 내일 저녁에도 평소처럼 여기 있을 겁니다. 그리고 또 청해주신다면 기꺼이 응하겠습니다. 가는 길은…… 가만있자…… 괜찮으시다면 내가 항구까지 동행하는 것이 가장 간단할 것 같습니다만? 거기서 유대인 구역을 우회하면 꽃을 가득 실은 전차들이 요란한 소음을 내며 지나는 멋진 가로들이 나올 겁니다. 당신의 호텔은 그 가로들 중 하나인 담라크Damrak 가에 있지요. 먼저 가시지요. 나요? 나는 유대인 구역에 살고 있습니다. 히틀러를 신봉하는 우리의 형제들이 그곳을 치우기 전까지는 그렇게 불렀지요. 그야말로 싹쓸이였지요! 유대인 칠만 오천명이 추방되거나 학살되었으니, 바로 이런 게 진공청소가 아니고 뭐겠습니까. 그 무지막지한 열의와 조직적인 끈기엔 감탄이 절로 나온다니까

요! 무릇 높은 기개가 없을 땐 방법이라도 있어야 하는 법, 여기서
는 이론의 여지 없이 방법이 탁월한 효과를 냈던 겁니다. 그러니까
나는 역사상 가장 중대한 범죄현장들 중 한 곳에 살고 있는 셈이지
요. 내가 저 고릴라 씨와 그의 경계심을 이해하게 된 데는 아마 이
것이 큰 몫을 했을 겁니다. 또 이렇게 해서 어쩔 수 없이 공감으로
끌리는 내 본성에 맞서 저항할 수도 있는 거고요. 새로운 얼굴을
만나면 내 속에 있는 누군가 이렇게 경고합니다. "위험하니 서행하
시오!" 심지어 가장 강한 공감이 일 때조차 나도 모르게 경계하게
되지요.

레지스땅스에 대한 보복이 한창이던 때, 자그마한 내 고향 마을
에서 무슨 일이 있었는지 아십니까? 독일군 장교 하나가 한 노파에
게 두 아들 중 볼모로 잡혀가 총살당할 쪽을 선택하라고 정중히 말
했지요. 선택이라니, 이게 상상이나 됩니까? 저 아이요? 아니요, 이
아이입니다. 그러고는 그가 끌려가는 걸 지켜보는 겁니다. 결코 이
것을 강조하려는 건 아닙니다. 다만 세상엔 별의별 놀라운 일들이
다 있을 수 있다는 거지요. 내가 아는 이들 중 경계심을 거부하는
순수한 마음을 지닌 사람이 있었습니다. 그는 평화주의자이자 절대
자유주의자여서 온 인류와 짐승들을 똑같이 사랑했지요. 정예精銳의
영혼이라고나 할까요? 네, 확실히 그런 인물이었습니다. 종교전쟁
말기, 그는 은퇴해서 유럽의 한 시골에 살고 있었는데 집 문간에다
이렇게 써놓았답니다. "어느 편이든 환영합니다. 들어오시오." 당
신 생각엔 과연 누가 이 멋진 초대에 응했을 것 같습니까? 바로 민

병대원들입니다. 그들은 마치 제집처럼 쳐들어가 그를 패죽이고 말았지요.

아, 죄송합니다, 부인! 하긴, 그녀는 프랑스 말을 못 알아들었을 겁니다. 이 야심한 시간에, 더욱이 비가 며칠째 그치질 않고 있는데 참 많이들도 나왔군요. 그래도 진이 있어 다행입니다. 진이야말로 이 어둠 속에서 유일한 빛이니까요. 혹 진을 마시고 나면 황금빛, 구릿빛 광채로 당신 내부가 밝아지는 걸 느끼십니까? 나는 진의 열기에 싸여 밤거리를 돌아다니길 좋아합니다. 밤새도록 걸으며 공상을 하기도 하고, 끝없이 혼잣말을 중얼거리기도 하지요. 네, 오늘 밤처럼요. 내가 너무 지껄여 성가시게 하는 건 아닌지 모르겠군요. 그렇다면 다행이고요. 당신은 정말 예의 바른 분이로군요. 하지만 내 속에 하고 싶은 말이 차고 넘쳐서 그렇답니다. 입만 열면 말들이 줄줄 흘러나오거든요. 한편으로는 이 나라가 나를 부추기는 탓도 있지요. 나는 이 나라 사람들을 좋아합니다. 집과 운하로 꾸며진 작은 공간에 틀어박혀 거리마다 득실거리는 이 사람들, 안개와 차가운 땅과 잿물처럼 김이 피어오르는 바다로 둘러싸여 있는 이 사람들을 좋아합니다. 바로 이들이 이중적이기 때문이지요. 이들은 여기에 있지만 또다른 곳에도 있거든요.

암, 그렇고말고요! 매끈한 포도鋪道 위를 걸어가는 무거운 발소리를 듣거나, 금빛 청어들이나 낙엽 빛깔의 보석들로 가득한 가게들 사이를 터벅거리며 지나는 이들을 보면, 당신은 분명 오늘 밤 이들이 여기에 있다고 생각하실 테지요? 또다른 모든 사람들처럼, 이 선량한 사람들을 돈을 세며 영생을 꿈꾸는 관리자나 상인 같은 부류로 간주하고, 이들의 유일한 흥취는 이따금 챙 넓은 모자를 쓰고 해부학 강의를 듣는 것이라고 생각하실 겁니다. 그렇다면 틀렸습니다. 이들이 우리 옆에서 걷고 있는 건 사실입니다만 이들의 머리가 어디 있는지를 보십시오. 붉고 푸른 간판에서 내려오는 네온과 진과 민트의 안개 속에 있습니다. 선생님, 네덜란드는 한낱 꿈입니다. 낮에는 더욱 연기에 휩싸이고 밤에는 더욱 금빛을 발하는 황금과 연기의 꿈이지요. 밤이나 낮이나, 이 꿈속에는 여기 이 사람들과 같은 로엔그린[3]들이 살고 있습니다. 이들은 높은 핸들이 달린 검은 자전거를 타고 꿈을 꾸듯 달리지요. 운하를 따라 바다 주위로, 온 나라를 쉬지 않고 돌고 있는 불길한 흑조黑鳥들처럼 말입니다. 이들은 구릿빛 구름 속에 머리를 박은 채 공상에 잠겨 빙빙 돌며, 금빛 향 같은 안개 속에서 몽유병자처럼 기도를 하지요. 이때, 이들은 이제 여기에 없는 겁니다. 이미 저 머나먼 자바 섬을 향해 수천 킬로미터를 가버렸으니까요. 이들은 모든 쇼윈도우에 진열되어 있는, 얼굴을 찌푸린 인도네시아의 신들에게 기도를 합니다. 지금 우리 위를 떠돌고 있는 이 신들은 간판과 계단형 지붕 위에 호사로운 원숭이들처럼 매달려, 향수에 젖은 식민지 주민들에게 네덜란드는 단지 상인들의 유럽일 뿐 아니라 바다이기도 하다는 것을 상기시켜줍니다. 치빵고[4]로, 또 사람들이 광기와 행복에 도취되어 죽어가

---

3 독일 전설에 등장하는 성배를 수호하는 기사. 곤경에 처한 숙녀를 구하기 위해 백조가 끄는 배를 타고 왔으며 그의 정체를 묻는 것은 금기였다.

는 저 섬들로 인도하는 바다라는 것을 말이지요.

　이런, 정신없이 이야기하다보니 나도 모르게 변론을 하고 있군요! 죄송합니다. 습관이라서요. 아니, 천직이지요. 또 당신에게 이 도시와 사물의 중심을 잘 이해시키고 싶은 욕심 때문이기도 하고요! 우리는 지금 사물의 중심에 있거든요. 혹 동심원을 그리는 암스테르담의 운하들이 지옥의 원들[5]과 비슷하다는 생각을 해보신 적 있습니까? 그야 물론 악몽으로 가득 찬 부르주아의 지옥이지요. 외부에서 이곳으로 들어와 이 원들을 하나씩 지나가노라면, 그의 인생과 그에 따르는 죄악들이 갈수록 깊어지고 어두워지기 때문입니다. 지금 우리는 여기, 마지막 원에 있습니다. 그러니까 이 원은…… 참! 이 원에 대해 알고 계시지요? 이런, 당신은 분류하기가 더 까다로워지는군요. 아무튼 당신은 이해하실 겁니다. 우리가 지금 서 있는 곳은 대륙 끝이지만 왜 내가 이곳을 사물의 중심이라고 하는지 말입니다. 민감한 사람은 이렇게 엉뚱한 것들을 곧잘 이해하니까요. 어쨌든 신문 애독자들과 섹스 중독자들은 더는 갈 곳이 없습니다. 이들은 유럽 전역에서 모여들어 이 내해 근처 퇴색한 모래사장에서 발길을 멈추지요. 이어 경적을 듣고 안개 속에서 배 그림자를 헛되이 찾다가, 다시 운하를 지나 비를 맞으며 돌아갑니다. 그리고 꽁꽁 얼어붙은 몸으로 멕시코시티에 와서 각 나라 말로 진

---

4 마르꼬 뽈로가 황금의 나라일 것이라고 상상했던 태평양의 섬으로 일본을 뜻한다.
5 단떼는 『신곡』 지옥편에서 (입구는 넓고 중심으로 내려갈수록 좁아지는) 깔때기 모양의 지옥을 묘사하고 있다. 이곳은 모두 아홉개 영역(원)으로 나뉘어 있으며 밑으로 내려갈수록 중죄인들이 처벌받고 있다.

을 주문하지요. 거기서, 나는 이들을 기다리고 있는 겁니다.

그럼, 내일 또 뵙겠습니다, 우리 고향 선생님. 아니요, 이제는 당신 혼자서도 갈 수 있을 겁니다. 저 다릿목까지만 바래다드리지요. 나는 밤에는 절대 다리를 건너지 않거든요. 어떤 맹세의 결과지요. 그건 그렇고, 만약 어떤 사람이 저 물속에 몸을 내던진다고 가정해 보십시오. 선택은 둘 중 하납니다. 쫓아들어가 건져내든가—하지만 이렇게 추운 계절엔 최악의 상황이 벌어질 수도 있지요!—아니면 그냥 내버려두든가. 하지만 이처럼 몸을 사린 나머지 뛰어들지 않고 나면 이따금 온몸이 쑤시는 통증이 남게 되지요. 안녕히 주무십시오! 네? 저 여자들 말입니까? 저 쇼윈도우 뒤에 있는 여자들이오? 꿈이랍니다, 선생님. 비용이 별로 안 드는 꿈이지요. 인도 여행을 떠나는 겁니다! 저 여자들은 몸에 향료를 뿌리고 있는데 당신이 들어가면 커튼을 칠 겁니다. 그리고 항해가 시작되겠지요. 발가벗은 몸뚱이 위로 신들이 내려오고, 바람에 헝클어진 종려 머리칼을 덮어쓴 섬들이 미친 듯 떠내려가는 겁니다. 한번 해보시지요.

속죄판사라는 게 무엇이냐고요? 아! 그 이야기가 궁금했던 모양이로군요. 믿어주십시오, 어떤 우롱이나 장난 삼아 했던 말은 결코 아닙니다. 더 알아듣기 쉽게 설명해드릴 수도 있습니다. 어떤 의미에서, 이것은 내 직무의 일부이기도 하지요. 하지만 먼저 몇가지 사실을 말씀드려야겠습니다. 그래야 내 이야기를 보다 잘 이해할 수 있을 테니까요.

몇년 전만 해도 나는 빠리에서 변호사로 일했습니다. 빈말이 아니라 꽤 유명한 변호사였지요. 물론, 앞서 말씀드린 것은 내 본명이 아니었습니다. 내 전문분야는 바로 고상한 사건들이었지요. 이유는 잘 모르겠습니다만 과부나 고아에 관한 사건을 그렇게들 부르더군요. 사실 처신이 형편없는 과부들도 있고 포악한 고아들도 있는데 말이지요. 그럼에도 불구하고, 피고인이 조금이라도 희생당할 낌새가 느껴지면 내 변호사복 소매는 즉각 활동을 개시했습니다. 실로 대단한 활약이었지요! 폭풍처럼 몰아쳤다니까요! 내 소매에선 심장이 살아 펄떡펄떡 뛰고 있었지요. 밤마다 정의가 실제로 나와 함께 잔다고 생각할 정도였으니 무슨 말이 더 필요하겠습니까. 당신이 내 변론을 보았다면 주도면밀한 어조, 적절한 감동, 설득력, 열의, 억제된 분노 등에 틀림없이 감탄했을 겁니다. 체격이야 원래부터 잘 타고났고, 고상한 태도를 취하는 것쯤은 내겐 조금도 어려운 게 아니었지요. 게다가 진실한 두 감정이 나를 떠받치고 있었습니다. 법정에서 내가 정의로운 편에 서 있다는 만족감과 재판관 전체에 대한 본능적인 경멸이 그것이었지요. 요컨대, 이 경멸은 어쩌면 본능적인 게 아니었는지도 모릅니다. 지금 돌이켜보면 그럴 만한 이유가 있었으니까요. 그러나 겉으로만 보면 그것은 오히려 열정과 비슷했지요. 적어도 현재로선 재판관들이 필요하다는 건 부인할 수 없는 사실입니다. 그렇지요? 그렇다 해도, 한 인간이 그 놀라운 직무를 수행하겠노라 자청하고 나선다는 게 나로선 도저히 이해할 수 없었습니다. 물론 재판관이라는 존재는 인정했습니다. 내 눈앞에 존재하고 있었으니까요. 하지만 이것은 거의 메뚜기를 인정하는 거나 매한가지였습니다. 다른 점이 있다면, 이 날벌레들은 떼로 몰려와도 나한테 떨어지는 게 한푼도 없지만, 내가 경멸하는 사람들과 대화를 나누면 짭짤한 돈벌이가 된다는 것이었지요.

어쨌든, 나는 정의로운 편에 있었고 이것만으로도 양심의 평화를 얻기에 충분했습니다. 자신이 정당하다는 자각, 옳다는 만족감, 자신을 존경할 수 있는 기쁨, 바로 이런 것들이 우리를 똑바로 세워주고 또 전진할 수 있게 해주는 강력한 원동력들이지요. 역으로, 인간에게서 이것들을 빼앗아버린다면 입에 거품을 물고 날뛰는 개들로 돌변하고 말 겁니다. 단지 자신이 잘못하고 있다는 사실이 견딜 수 없어 범죄를 저지르는 경우가 얼마나 많습니까? 예전에 내가 알고 있던 한 실업가가 바로 이런 경우였지요. 그의 아내는 나무랄 데 없이 완벽해서 모든 이들로부터 칭송받는 여자였는데, 그런 아내를 두고 그는 바람을 피우고 있었습니다. 이 사내는 자신이 잘못하고 있어서, 미덕의 면허장을 받을 수도 없고 제 손으로 만들어 가질 수도 없어 말 그대로 분통이 터져 미칠 지경이었지요. 아내가 완벽하면 할수록 오히려 더 화가 치미는 겁니다. 급기야 그의 잘못은 이 사내를 도저히 견딜 수 없게 만들었습니다. 그래서 결국 어떻게 했을 것 같습니까? 바람피우는 것을 그만두었을까요? 천만에. 아내를 죽여버렸습니다. 이런 연유로 나는 그와 관계를 맺게 되었고요.

내 처지는 무척 부러워할 만한 것이었습니다. 범죄자들 편에 가담할 위험이 없는데다 (무엇보다 나는 독신이라 아내를 죽일 가능성은 전혀 없었지요) 오히려 이들을 변호해주고 있었으니까요. 야만인들 중에서도 선량한 야만인이 있듯, 이들이 선량한 살인자라면 말입니다. 심지어 내 변호방식까지도 몹시 만족스러운 것이었습니다. 일과 관련해서는 정말이지 나는 한치도 나무랄 데가 없었습니다. 이거야 두말할 필요도 없지만, 뇌물 따윈 절대 받지 않았고 어떠한 외압에도 굽히지 않았으니까요. 더 흔치 않은 일은, 기자들의 호감을 사려고 애써 이들의 비위를 맞춘다거나 친분을 유용하게 써먹을 수 있는 공무원들에게 아첨하는 일 따윈 결코 하지 않았다는 겁니다. 레지옹 도뇌르 훈장을 받을 기회도 두서너번 있었는데 이마저도 티내지 않고 점잖게 거절했습니다. 이렇게 하는 태도를 통해 진정한 보상을 발견했기 때문이지요. 끝으로, 가난한 사람들에겐 결코 사례비를 받지 않았고 이것을 동네방네 떠들고 다니지도 않았습니다. 부디, 내 자랑을 하려고 이런 이야기를 장황하게 늘어놓는다고 생각하진 말아주십시오. 사실 내 공이라 내세울 만한 것은 하나도 없으니까요. 나는 우리 사회에서 야망을 대신하고 있는 탐욕을 늘 가소롭게 여겼습니다. 더 높은 목표를 지향하고 있었거든요. 이것이 나에 대한 정확한 표현이라는 것은 곧 아시게 될 겁니다.

아무튼 내 만족감이 어느 정도였는지 생각해보십시오. 나는 내 천성을 즐기고 있었던 겁니다. 이따금 서로 양심의 거리낌을 덜어보려고 이런 기쁨을 이기주의라는 이름으로 매도하는 척하지만 바로 여기에 행복이 있다는 것을, 우리는 모두 알고 있습니다. 어쨌든 나는 적어도 과부와 고아에게 충실히 반응하는 내 천성의 일부를 즐기고 있었고, 그 영향이 어찌나 대단했던지 결국 내 생활 전체를 지배해버리고 말았습니다. 이를테면, 맹인들이 길을 건너는 것을 열성적으로 도와주곤 했지요. 길모퉁이에서 맹인의 지팡이가 망설이고 있는 게 눈에 띄면 아무리 멀리 떨어져 있어도 재빨리 달려갔습니다. 때로는 이미 자비로운 손길을 내밀고 있는 사람보다 일초라도 앞서가서, 나 아닌 다른 모든 이들의 배려로부터 그 맹인을 빼앗아 다정하고 든든한 손으로 그를 횡단보도로 이끌어주었습니다. 이렇게 교통 장애물 가운데서 안전한 보도로 그를 인도한 다음 서로 감동을 나누며 헤어지곤 했지요. 이와 마찬가지로, 행인들에게 길을 가르쳐주고, 담뱃불을 빌려주고, 무거운 짐수레꾼을 거들어주고, 고장난 자동차를 밀어주고, 여자 구세군의 신문을 사준다거나 몽빠르나스 묘지에서 훔쳐온 것이라는 걸 뻔히 알면서도 노파한테서 꽃을 사는 것을 좋아했습니다. 그리고 또 아! 이건 말하기가 좀 민망한데, 적선하기를 좋아했습니다. 내 친구 중 독실한 기독교도인 한 녀석이 고백하길, 거지가 자기 집으로 오는 걸 보았을 때 가장 먼저 든 느낌은 불쾌감이었다고 하더군요. 그런데 나는 더 고약했습니다. 한술 더 떠서 기뻐 날뛰었다니까요. 이 이야기는 이쯤하고 넘어가도록 하지요.

차라리 내 친절함에 관해 이야기해보겠습니다. 이것은 너무 유명해서 이론의 여지가 없는 것이었지요. 실제로 친절은 내게 큰 기쁨을 안겨주었습니다. 가령, 어느날 아침, 버스나 지하철에서 마땅히 앉을 만한 사람에게 자리를 양보할 기회가 생긴다거나, 노파가 떨어뜨린 물건을 주워서 능숙한 미소를 지으며 되돌려준다거나,

혹은 그저 나보다 더 급한 사람에게 택시를 양보하기라도 하면, 이것으로 그날 하루가 온종일 즐거워지곤 했으니까요. 내친김에 이것도 말씀드려야겠군요. 간혹 대중교통의 파업으로 귀갓길이 막혀버린 불운한 시민들 중 몇명을 버스 정류장에서 내 차에 태워줄 기회가 생겼을 때도 얼마나 기뻤는지 모릅니다. 마지막으로, 극장에 함께 온 남녀가 나란히 앉을 수 있도록 내 자리를 양보해주거나, 여행 중에 젊은 아가씨의 손이 닿지 않는 높은 선반에 트렁크를 올려주는 일은 내가 다른 사람들보다 더 자주 하는 선행이었습니다. 왜냐하면 이러한 기회들에 더 많은 주의를 기울이고 또 이런 일들을 함으로써 더 큰 기쁨을 맛보았기 때문이지요.

나는 또 너그럽고 관대한 사람으로 통했고 사실이 그랬습니다. 공적으로든 사적으로든 다른 이들에게 많은 것을 주었으니까요. 실제로 어떤 물건이나 얼마간의 돈을 내놓아야 할 때도 괴롭기는커녕 이를 통해 변함없는 기쁨을 얻었습니다. 가끔, 이런 기부가 아무짝에도 쓸모없는 짓이며, 나중에 배은망덕으로 돌아올지도 모른다는 생각이 들면 왠지 쓸쓸하기도 했지만 이마저도 적잖은 기쁨이었습니다. 심지어 주는 데서 오는 기쁨이 너무 커서 마지못해 주는 것을 몹시 싫어할 정도였으니까요. 금전 문제에서 무 자르듯 정확한 것은 딱 질색인지라 이런 일에 관여할 땐 짜증스럽기만 했습니다. 자고로 나는 내 마음껏 베풀어야 직성이 풀리는 그런 사람이었던 겁니다.

또 이런 일들은 사소한 것들이지만 들어보면, 내가 삶에서, 특히 내 직업에서 발견했던 지속적인 기쁨이 어떤 것이었는지를 이해하는 데 도움이 될 겁니다. 가령, 재판소 복도에서 단지 정의감이나 동정심에서, 말하자면 무료로 변호해주었던 한 피고인의 아내한테 붙들려, 그녀가 자신들을 위해 애써주어 뭐라 감사해야 좋을지 모르겠다고 중얼거릴 때, 지극히 당연한 일을 했을 뿐이며 누구라도 그렇게 했을 것이라고 대답하고, 앞으로 닥칠 힘든 나날을 이겨낼 수 있도록 도와주겠노라 약속까지 합니다. 그러고는 그녀가 지나치게 감정을 토로하는 것을 막고 적당한 감동을 간직하도록 이 가련한 여인의 손에 입을 맞추는 것으로 끝내는 거지요. 생각해보십시오, 선생님. 이런 일은 저속한 야심가보다 훨씬 높은 경지에 도달한 것입니다. 그 자체를 통해 커져가는 미덕의 절정에 이른 것이지요.

이 절정에 관해 좀더 이야기해보도록 하지요. 앞서 더 높은 목표를 지향한다고 했던 말이 무슨 뜻인지 이젠 이해가 되실 겁니다. 바로 이런 절정을 두고 했던 말이지요. 이곳이 내가 살아갈 수 있는 유일한 지점이었습니다. 그럼요, 이처럼 높은 데 있지 않으면 결코 마음이 편하지 않았으니까요. 사소한 일상에서까지 높은 데 있고자 하는 욕망에 이끌려, 지하철보다 버스를, 택시보다는 사륜마차를, 중이층中二層보다는 테라스를 선호했지요. 머리를 공중으로 내놓고 타는 스포츠용 비행기 애호가였고, 배에 오르면 늘 뒤쪽 갑판을 거닐곤 했습니다. 산에서도 양쪽이 험하게 깎아지른 골짜기들을 피해 고개나 고원으로 올라갔고요. 그러니까 나는 적어도 준

평원 이상이어야 성이 차는 인간이었던 겁니다. 만약 운명이 내게 선반공이나 지붕 잇는 일꾼처럼 수공일을 선택하게 했다면, 뭘 망설이겠습니까? 당연히 지붕 쪽을 택해 현기증과 친해졌을 겁니다. 선창船艙, 배 밑바닥, 지하도, 동굴, 깊은 구렁 같은 곳은 딱 질색이었거든요. 심지어 동굴학자들에게 별난 증오심을 품기까지 했다니까요. 이자들은 뻔뻔스럽게 신문 일면을 버젓이 차지하곤 했는데, 그 성과라는 것들이 내겐 역겨울 따름이었습니다. 바위투성이 협로에 (그 몰상식한 자들 말로는 싸이펀[6]이라고 합디다만!) 머리통이 처박힐지도 모르는 위험을 무릅쓰고 기어이 해저 800미터까지 내려간다는 것은, 변태거나 아니면 정신적으로 문제가 있는 자들의 묘기로밖에 보이지 않았으니까요. 그 아래쪽에 어떤 범죄가 감춰져 있기 때문일 거라고 보았던 거지요.

이와 반대로 햇빛에 잠겨 환히 내려다보이는 바다 위로 5, 600미터쯤 높이에 있는 천연 발코니는 내가 숨 쉬기에 가장 좋은 장소였습니다. 특히 여기서 홀로 인간 개미들을 굽어보고 있을 때는 더욱 그랬습니다. 설교나 중대한 포교, 불같은 기적들이 높은 산 위에서 이루어졌다는 걸 어렵잖게 이해할 수 있었지요. 지하실이나 감옥의 독방은 (전망이 확 트인 탑 속에 있지 않는 한) 사람이 깊은 생각을 하는 곳이 아니라, 그저 곰팡이가 피도록 죽치고 있는 곳으로만 여겨졌습니다. 수도회에 입문했다가 환속해버린 사내의 심정이

---

6 용수로가 도로 등의 구조물을 가로지를 때 밑에 설치하는 도수관.

십분 이해가 되더군요. 그는 자기 방이 기대했던 것처럼 넓은 풍경 쪽으로 트여 있지 않고 도리어 벽을 바라보도록 되어 있다는 이유로 수도회를 나와버렸거든요. 확신하건대, 내게는 곰팡이가 피는 일 따윈 없었습니다. 하루 중 어느 때나, 마음속으로든 사람들 사이에서든, 높은 데로 올라가 불을 환히 밝혀두었으니까요. 그러면 즐거운 화답이 나를 향해 올라오곤 했습니다. 어쨌든 이런 식으로, 나는 내 인생과 나 자신의 우월함을 통해 기쁨을 얻었습니다.

내 직업은 정상에 오르고자 하는 내 성향을 적절히 만족시켜주었지요. 뿐만 아니라 이웃과 관련된 모든 갈등을 제거해주었습니다. 직업 덕분에 내 쪽에서는 결코 이웃들에게 빚질 일이 없었고 늘 그들에게 베푸는 입장이었으니까요. 이 직업은 나를 재판관과 피고 위에 서도록 해주었습니다. 덕분에 내가 오히려 재판관을 심판하고, 피고는 내게 감사를 표할 수밖에 없었지요. 이 점을 깊이 생각해보십시오, 선생님. 나는 지금껏 아무 벌도 받지 않고 살아왔던 겁니다. 어떤 판결에도 연루되지 않았고, 법정이라는 무대에 서 있는 게 아니라 무대 안쪽 천장 어디쯤에 있었던 거지요. 마치 이따금 줄거리를 바꾸고 여기에 의미를 부여하려고 기계장치를 통해 내려오는 신들처럼 말입니다. 그럼에도 불구하고, 더 높이 산다는 것은 어쨌거나 가장 많은 사람들의 눈에 띄고 떠받들어지는 유일한 방법입니다.

하긴, 내가 담당했던 선량한 범죄자들 중 몇몇은 이 같은 감정에 이끌려 살인을 저지르기도 했지요. 이들이 처한 우울한 상황에서 신문을 읽는다는 것이 일종의 불행한 보상을 안겨주었던 모양입니다. 많은 사람들이 그렇듯, 이들은 자신이 무명으로 남는 걸 견딜 수 없었고, 이 같은 초조함이 일정 정도 유감스러운 폭력으로 몰아갔을 겁니다. 요컨대, 이름을 알리고자 한다면 자기 집 수위를 죽이는 것만으로도 충분한 법이지요. 그러나 불행히도 이것은 일시적인 소문에 지나지 않습니다. 칼을 맞을 만하고 또 실제로 칼을 맞는 수위는 얼마든지 있으니까요. 범죄는 끊임없이 무대 앞을 차지하지만 범죄자는 잠깐 모습을 드러냈다 곧 바뀌어버리게 마련입니다. 게다가 이 짧은 승리는 결국 너무 비싼 댓가를 치르게 할 뿐입니다. 이와 반대로, 명성을 갈망하는 가련한 이들을 변호하는 것은 이들과 같은 시간, 같은 장소에서 진실로 인정받게 되는 일이지요. 그것도 더 경제적인 방법으로 말입니다. 이에 힘입어, 나는 이들이 되도록이면 적은 댓가를 치르도록 혼신을 다했습니다. 이들이 지불한 댓가에는 내 몫으로 치러진 부분이 조금은 있었으니까요. 대신, 내가 쏟아내는 분개와 재능과 감동이 이들에 대한 모든 부채를 벗게 해주었습니다. 재판관들은 벌을 주고 피고인들은 벌을 받았지만, 나는 어떤 책임이나 의무에도 구애받지 않았고, 처벌도 심판도 면제되어 마치 에덴동산 같은 빛 속에서 자유롭게 군림했던 겁니다.

요컨대, 나 자신과 곧바로 연결되는 삶, 이것이 바로 에덴 아니겠습니까? 내 인생이 꼭 그랬습니다. 나는 결코 사는 법을 배울 필요가 없었습니다. 이에 관해서라면 태어날 때부터 모든 걸 알고 있었기 때문이지요. 사람들을 피해야 하느냐 아니면 어쨌거나 이들과 맞춰 살아가야 하느냐가 골칫거리인 사람들도 있지만 내 경우엔 이미 모든 것이 조정되어 있었습니다. 친근함이 필요할 때는 허물없이 굴고, 침묵이 필요할 때는 잠잠히 있을 줄도 알았고, 엄숙한 만큼 소탈하게 처신할 줄도 알았으니까요. 이런 일들은 내게 아주 쉽고 자연스러웠습니다. 게다가 인기마저 대단해서 사교계에서의 성공은 일일이 헤아릴 수도 없을 지경이었지요. 용모도 뒤떨어지지 않았고, 지칠 줄 모르는 춤꾼인 동시에 사려 깊은 석학으로 보였거든요. 그리 쉬운 일은 아니지만, 여자와 정의를 동시에 사랑하기에 이르렀고 스포츠와 미술에도 열심이었답니다. 이쯤에서 그만하도록 하지요. 나를 자아도취에 빠진 얼간이로 보면 곤란하니까요. 하지만 한번 상상해보십시오. 한창나이에, 건강상태는 완벽하고, 재능을 두루 갖추고, 지적인 활동처럼 신체활동에도 능하고, 가난하지도 부유하지도 않고, 잠도 잘 자고, 자신에 대해 지극히 만족스러워하지만 적절한 사교술을 통해서만 이를 드러내는, 그런 남자를 말입니다. 이만하면 아무리 겸손하게 굴어도 나름대로 성공한 인생이라고 자화자찬할 수 있다는 걸 당신도 인정하지 않을 수 없을 겁니다.

그렇습니다. 나보다 더 자연적인 사람은 거의 없었습니다. 나는 내 삶과 완전히 일치되어 있었습니다. 삶의 아이러니, 그 위대함, 그 구속들 중 어느 것도 거부하지 않고 있는 그대로의 삶과 철저히 밀착되어 있었으니까요. 특히, 살과 물질, 한마디로 신체는 사랑과 고독 속에서 숱한 사람들을 당황케 하거나 절망하게 했지만, 내 경우엔 조금도 억제하지 않고 변함없는 기쁨을 가져다주었답니다. 나는 육체를 향유하도록 만들어진 사람이었습니다. 이로 인해 사람들은 내 안에서 조화로움과 온화한 통제력을 느꼈고, 가끔 이것이 자신들의 삶에 활력이 된다고 고백하기도 했습니다. 그래서 다들 나와 친해지려고 했지요. 가령, 사람들은 흔히 초면인 내게 어디선가 꼭 본 것 같은 인상이라고들 했습니다. 삶이, 삶의 존재들과 삶이 주는 선물들이 나를 마중하러 나왔던 겁니다. 나는 너그러운 자부심으로 이런 경의를 받아들였습니다. 이토록 충만하고 자연스러운 사람으로 살다보니 정말 나 자신이 약간 초인이 된 듯한 기분이 들었지요.

나는 그럭저럭 괜찮은 가정에서 태어났지만 그리 유명한 집안은 아니었습니다. (내 아버지는 장교였지요) 겸허히 고백하자면, 그런데도 간혹 아침나절 같은 때, 마치 내가 왕자인 것처럼 느껴지거나 혹은 타오르는 가시덤불[7]이 된 듯한 느낌이 들었습니다. 이것은 지금껏 내가 누구보다 지성적으로 살아왔다는 확신과는 다른 문제라는 점을 주목해주십시오. 하긴 이런 확신은 수많은 바보들도 다 지닌 것이라 별로 대수롭지도 않지만요. 어쨌든 이런 게 아니라, 나는 너무 흡족한 나머지, 고백하려니 차마 입이 안 떨어집니다만, 꼭 선택받은 듯한 느낌이었습니다. 이처럼 오랫동안 변함

---

7 구약성서의 일화로 이스라엘의 하느님이 모세 앞에 불길로 나타났던 것을 가리킨다. 여기서는 신(神)을 뜻한다.

없는 성공을 거둘 수 있도록 모든 사람들 가운데 나 혼자 선택받았다는 느낌이었지요. 결국 이것은 내 겸손의 결과였습니다. 나는 이 성공을 단지 내 능력 덕으로만 돌리려 하지 않았으니까요. 단 한 사람 안에 그토록 다양하고 훌륭한 재능들이 결합되어 있다는 사실을 단지 우연의 결과로만 치부할 수는 없었던 겁니다. 이런 이유로, 행복하게 살면서도 어떤 면에선 이 행복이 지상명령至上命令에 의해 허락되었다고 느끼고 있었습니다. 내가 어떤 종교도 갖고 있지 않았다는 걸 말씀드리면 이 확신 속에 뭔가 비범한 것이 있음을 더 잘 아시게 될 겁니다. 평범한 것이든 아니든, 이 확신은 나를 오랫동안 일상의 대열 위로 올려주었고, 덕분에 나는 수년 동안 말 그대로 허공을 날아다녔습니다. 솔직히 말하면, 지금도 내심 이것을 아쉬워하고 있답니다. 이렇게 그날 밤까지 날고 있었는데 그때…… 아, 아니에요. 이것은 또다른 일입니다. 잊어버려야 할 문제지요. 게다가 어쩌면 내가 사실을 부풀려 말하고 있는지도 모르겠습니다. 모든 면에서 편안했던 건 사실이지만 동시에 어떤 것에도 만족하지 못했으니까요. 하나의 기쁨이 매번 또다른 기쁨을 갈망하게 만들어 나는 환락에서 환락으로 헤매고 다녔습니다. 사람들과 삶에 점점 더 광적으로 빠져들었고, 며칠 밤을 내리 춤을 추기도 했습니다. 이따금, 이런 날들 중 늦은 밤에, 춤과 가벼운 술기운, 내 광란, 사람들의 격렬한 도취로 인해 피로와 만족이 뒤섞인 황홀경에 빠지곤 했지요. 이때 피로의 끝에서, 아주 잠깐, 마침내 인간과 세상의 비밀을 깨달은 것처럼 느껴지는 순간이 있었습니다. 그러나 이 피로는 다음 날이면 사라졌고 피로와 함께 비밀도 사라져버렸지요. 그럼 또다시 덤벼들었습니다. 이렇듯, 늘 충족되었지만 결코 포만감을 느끼지 못했고 어디서 멈춰야 할지 모른 채 마냥 달려갔던 겁니다. 그날까지, 아니, 음악도 멈추고 불빛도 모두 꺼져버린 그날 저녁까지. 내가 즐거워했던 그 축제는…… 그나저나 고릴라 친구를 좀 불러야겠군요. 고맙다는 표시로 그에게 고개를 끄덕여주십시오. 그리고 나와 같이 마셔주십시오. 나는 지금 무엇보다 당신의 동정이 필요하답니다.

이 말에 놀라셨나보군요. 당신은 불현듯 동정이나 도움, 우정 같은 것이 필요하다고 느껴본 적이 없습니까? 당연히 있었겠지요. 나는 동정으로 만족하는 법을 알았습니다. 동정은 보다 쉽게 얻을 수 있고 아무런 구속도 하지 않으니까요. 원내 담화에서 "진심으로 동정을 표합니다"라고 말할 때, 속으로는 곧 '그럼, 이제 다른 문제로 넘어갑시다'라는 말이 뒤따르는 법이지요. 이런 동정은 총리가 보여줄 법한 감정으로 큰 재난 뒤에 손쉽게 얻을 수 있습니다. 우정의 경우는 그리 간단치 않습니다. 우정을 얻는 데는 오랜 시간과 노력이 요구되지만, 일단 얻고 나면 떨쳐버릴 수가 없어 마주하는 수밖에 없지요. 특히, 친구라면 마땅히 그래야 하듯, 당신의 친구가 밤마다 전화를 걸어와, 오늘 밤 당신이 자살하기로 결심한 건 아닌지, 옆에 있어줄 사람이 필요한 건 아닌지, 혹은 외출하고 싶은 건 아닌지 따위를 물어볼 거라고 기대하지 마십시오. 천만에요. 만약 그들이 전화를 걸어온다면, 아마 당신이 혼자가 아닐 때, 그래서 인생이 아름답다고 느껴지는 그런 밤일 겁니다. 자살만 해도 그렇습니다. 그들은 오히려 당신이 자살하도록 등을 떠밀 겁니다. 당신이 응당 갚아야 할 양심의 빚을 갚은 거라는, 저들 나름대로의 명분을 내세워서 말입니다. 하늘이여, 부디 우리가 친구들로부터 너무 높이 평가받지 않도록 해주소서! 우리를 사랑할 임무를 지닌 사람들, 이를테면 부모나 인척들은 (말은 참 그럴듯하지요!) 또 별개의 문제지요. 이들은 저마다 할 말이 있습니다. 그런데 바로 이 말이 오히려 총알이 되지요. 이들은 마치 총을 쏘아대듯 전화를 걸어댑니다. 게다가 조준까지 정확하다니까요. 아아! 바젠 패거리들 같으니![8]

네? 어느 저녁 말인가요? 그 이야기는 이제 곧 나올 겁니다. 조금만 참아주십시오. 어찌 보면 친구들이나 인척들 이야기도 그 문제와 관련된 것이니까요. 어디선가 들은 얘기인데, 감옥에 수감 중인 친구를 둔 한 사내가 있었답니다. 그는 사랑하는 친구가 빼앗긴 안락함을 저 혼자만 누릴 수 없다며 매일 바닥에서 잠을 잤다는 겁니다. 그렇습니다, 선생님, 과연 누가 우리를 위해 바닥에서 잠을 자겠습니까? 나라면 그렇게 할 수 있느냐고요? 물론, 그러고 싶습니다. 아니, 그럴 겁니다. 네, 언젠가는 우리 모두가 그럴 수 있는 날이 오겠지요. 그럼 이것이 구원이 될 것입니다. 하나 이것은 결코 쉬운 일이 아닙니다. 왜냐하면 우정이란 방심하기 쉬운데다 어

---

8 프랑수아 아쉴 바젠(François Achille Bazaine, 1811~88). 보불전쟁 당시 프랑스 육군 장성으로 독일군에게 항복함으로써 프랑스군 십사만명을 넘겨준 죄로 사형선고를 받았다. 비겁한 배신자들이라는 의미이다.

쨌거나 무기력한 것이니까요. 우정은 마음으로는 원하지만 실천할 수 없는 겁니다. 어쩌면, 마음으로도 절실히 원하지 않는 것은 아닐까요? 어쩌면, 우리가 삶을 온전히 사랑하지 않는 건 아닐까요? 죽음만이 우리의 감정을 일깨운다는 생각을 해보신 적이 있습니까? 우리는 막 사별한 친구들을 얼마나 애달파합니까! 또 입에 흙이 가득 차 더이상 말할 수 없는 스승들을 얼마나 존경합니까! 이때는 존경이 아주 자연스럽게 흘러나오지요. 이들이 평생 우리한테서 받고자 했을 그 존경이 말입니다. 그런데 왜 항상 죽은 자들에게 더 공정하고 더 너그러운지 아십니까? 이유는 간단합니다! 그들에겐 지켜야 할 의무가 없기 때문이지요. 그들은 우리를 자유롭게 내버려둡니다. 그래서 우리는 시간을 마음대로 쓸 수 있고, 칵테일을 마시고 예쁜 애인을 만나는 사이에, 요컨대 짬이 날 때 잠깐 경의를 표하면 그만입니다. 혹 그들이 우리에게 강요하는 뭔가가 있다면 바로 기억일 것입니다. 하나 우리는 이마저도 짧게 기억할 뿐이지요. 아니, 우리가 친구들에게서 정말 사랑하는 것은 갓 숨이 끊어진 죽음, 고통스러운 죽음, 우리의 아픈 마음입니다. 결국 우리가 사랑하는 것은 우리 자신인 거지요!

평소 내가 되도록이면 피해 다녔던 친구가 한명 있었습니다. 어지간히 성가시게 구는데다 툭하면 훈계를 늘어놓곤 했거든요. 하지만 임종 때는 그를 보러 갔지요. 어쨌거나 내가 하루를 허비한 것은 아니었습니다. 그는 흡족해하며 내 두 손을 꼭 잡은 채 죽었으니까요. 또 나를 몹시 귀찮게 따라다녔지만 헛물만 켜고 말았던 한 여자가 있었는데, 그만 요절해버리고 말았습니다. 그러자 즉시 그녀가 내 마음에 들어오더란 말이지요! 그러니, 이것이 자살이라면 어떻겠습니까! 상상해보십시오, 얼마나 재미난 소동이 벌어질지! 전화통이 울려대고, 가슴이 벌렁거리고, 말은 자연스레 짧아지지만 담긴 뜻은 무겁고, 아픔은 억눌려지고, 심지어는, 네, 약간의 자책마저 들겠지요!

인간이란 바로 이런 겁니다, 선생님. 누구나 양면성을 갖고 있지요. 자신을 사랑하지 않고는 남을 사랑할 수 없다는 말입니다. 혹 당신이 사는 건물에서 갑자기 사람이 죽는다면 이웃들을 유심히 살펴보십시오. 다들 대수롭지 않은 일상 속에서 곤히 자고 있는데, 가령 수위가 죽었다고 칩시다. 이들은 즉시 깨어나 안절부절못하며 영문을 알아보고 동정들을 쏟아낼 겁니다. 죽음은 기사화되고 마침내 구경이 시작되는 거지요. 어쩌겠습니까? 이들은 비극에 굶주려 있고, 이것이 바로 이들의 알량한 우월감이요, 아뻬리띠프[9]인 것을. 그런데, 내가 수위를 예로 든 것이 과연 우연이었을까요? 실제로 나는 어떤 수위를 알고 있었습니다. 정말 볼품없이 생긴데다 심술궂기까지 했지요. 프란체스꼬 수도사가 실망할 정도로 하잘것없고 앙심으로 가득한 괴물 같은 인간이었습니다. 그와는 더이상 말도 섞지 않았지만, 그의 존재만으로도 내 일상적인 기쁨이 위태로워지곤 했습니다. 그런 내가, 그가 죽자 장지까지 따라갔지 뭡

---

9 식전에 식욕을 돋우려고 마시는 술.

니까. 왜 그랬을까요?

장례식을 치르기 전 이틀간이 무척 흥미로웠습니다. 수위의 아내는 병이 들어 단칸방에 누워 있었고, 그녀 옆 작업대 위에 그의 관이 놓여 있었지요. 주민들은 다들 자신의 우편물을 직접 찾으러 가야 했습니다. 그래서 문을 열고 "안녕하세요, 부인"이라고 말한 뒤, 그녀가 고인을 가리키며 한참 찬사를 늘어놓는 걸 듣고서야 비로소 우편물을 들고 나왔지요. 이 안에 즐거운 일이 있을 게 뭐가 있겠습니까? 그런데도 온 건물 사람들이 그 페놀 냄새가 나는 수위실을 줄을 지어 들락거렸다니까요. 그 건물에 사는 사람들은 이 좋은 구경거리를 놓치지 않으려고 하인들을 보내지 않고 자신들이 직접 행차했고, 하인들도 질세라 몰래 와서 기웃거리곤 했습니다. 장례식 당일, 관이 너무 커서 수위실 문을 빠져나가질 못하는 겁니다. 침대에 누워 있던 수위의 아내가 후련함과 슬픔이 뒤섞인 목소리로 말했지요. "어이구, 저 양반 몸집이 어지간해야 말이지!" 그러자 상여꾼 우두머리가 말했습니다. "걱정 마세요, 부인. 모로 세워서 내갈 테니까요." 그들은 관을 세워 들어낸 뒤 다시 눕혔습니다. 묘지까지 따라가 놀랄 만큼 사치스러운 관 위에 꽃을 던져준 사람은 나밖에 없었습니다. (참, 예전에 까바레에서 종업원으로 일했던 한 사내가 있었는데, 보아하니 저녁마다 고인과 뻬르노를 마셨다는 걸 알겠더군요) 그러고는 수위의 아내를 찾아가 이 비극의 여주인공으로부터 감사의 인사를 받았지요. 이 모든 행위에 어떤 이유가 있었겠습니까? 아무 이유도 없었습니다. 아뻬리띠프라는 것 말고는.

또 변호사회에서 같이 일하던 오랜 동료의 장례식에 참석한 일도 있었습니다. 주위로부터 어지간히 무시당하던 서기였는데 나는 항상 그와 악수를 나누곤 했습니다. 하긴, 함께 일하던 모든 사람들과 악수를 했지요. 한번도 아니고 두번씩이나 말입니다. 이처럼 진심 어린 소탈함 덕분에 나는 별로 애쓰지 않고도 모든 이들의 호감을 살 수 있었습니다. 이 호감은 내 기분이 좋아지는 데 꼭 필요한 것이었지요. 변호사회 회장은 일손까지 놓아가며 이 서기의 장례식에 참석하진 않았습니다. 나야 당연히 참석했지요. 게다가 여행을 떠나기 전날이었던 터라 더 주목을 받았지요. 바로 이렇게, 내가 참석하면 주목받게 될 것이고 호평이 쏟아지리라는 걸 나는 벌써 계산하고 있었던 겁니다. 그래서 그날 눈이 내리고 있었음에도 불구하고 주저하지 않았던 거지요.

뭐라고요? 이제 곧 시작할 테니 염려 마십시오. 게다가 이미 그 이야기를 하고 있는 거나 마찬가지라니까요. 한데 좀 전에 말한 그 수위의 아내가 말입니다. 제 슬픔을 더욱 만끽하려고 십자가며 고급 참나무 관이며 은손잡이에다 돈을 펑펑 써대고 결국 파산하더니 한달 뒤, 목청 좋은 어떤 허풍쟁이와 붙어버렸지 뭡니까. 그 사내가 여자를 두들겨패면 끔찍한 고함 소리가 터져나왔는데, 그러고 나면 곧 사내가 창문을 열어젖히고 자신의 애창곡을 불러댔습니다. "여인들이여, 그대들은 참으로 어여쁘구나!" 그러면 이웃들은 이렇게 빈정거렸지요. "작작 좀 하지!" 작작하라니, 대체 뭐가 어떻단 말입니까? 아무튼, 이 바리톤 녀석은 꼴불견이었고 수위의 아내도 마찬가지였습니다. 하지만 이들이 서로 사랑하지 않았다는 증거는 전혀 없습니다. 그녀가 제 남편을 사랑하지 않았다는 증거 또한 없고요. 그런데 목소리도 팔도 지쳐버린 나머지 이 허풍쟁이 사내가 달아나버리자 그녀는 다시 고인에 대한 찬사를 늘어놓기 시작했습니다. 그야말로 열녀지요! 하긴, 겉 인상은 좋아 보여도 실제로는 한결같지도 진실하지도 않은 족속들이 얼마나 많습니까. 또 내가 아는 어떤 사내는 이십년이라는 세월을 푼수 같은 한 여자에게 고스란히 바쳤습니다. 우정도, 일도, 심지어 삶의 품위까지, 그야말로 모든 것을 이 여자를 위해 희생했지요. 그런데 어느 날 저녁, 문득 자신이 결코 그녀를 사랑하지 않았다는 걸 깨달았습니다. 요컨대, 싫증이 난 거지요. 대부분 사람들이 그렇듯 권태기가 찾아온 겁니다. 결국 그는 제 인생을 완전히 복잡하고 비극적인 것으로 만들어버렸습니다. 무슨 일이든 일어나주어야 한다는 것이었지요. 인간들이 관여하는 대부분의 참여에 대한 해명이 바로 이겁니다. 뭔가 일어나야 한다는 것이지요. 설령 사랑 없는 예속일지라도, 전쟁이나 죽음일지라도. 그러니 장례식이야 대환영이지요!

그러나 적어도 나에겐 이런 구실이 필요하지 않았습니다. 늘 군림하고 있었으니 싫증을 느낄 리가 없었던 거지요. 내가 말하려는 그날 저녁은 오히려 어느 때보다 덜 지루했다고 볼 수 있습니다. 아니, 진심으로, 나는 뭔가 일어나길 바라지 않았습니다. 그랬는데…… 아무튼 말이지요, 선생님, 그날은 아름다운 가을 저녁이었습니다. 거리는 아직 훈훈했고 쎈 강변에는 벌써 습기가 차 있었지요. 밤이 다가오고 있었고, 서쪽 하늘은 아직 밝긴 했으나 차츰 어두워지고 있었습니다. 가로등은 희미하게 빛나고 있었고요. 나는 왼쪽 강변을 따라 뽕데자르[10]를 향해 오르고 있었습니다. 헌책방 상인들의 문 닫힌 가게 사이로 강물이 반짝이는 게 보였고, 강변에는 사람들이 거의 없었습니다. 빠리 사람들은 벌써 저녁을 먹고 있었던 거지요. 나는 아직 여름을 떠올리게 하는 먼지투성이 노란 잎들을 밟으며 가고 있었습니다. 하늘에 조금씩 들어차기 시작한 별들이 한 가로등에서 다른 가로등으로 나아가는 동안 언뜻언뜻 보이더군요. 나는 다시 찾아온 고요함과 저녁의 온화함, 그리고 텅 빈 빠리를 음미하고 있었습니다. 온종일 좋은 일들이 생겨서 무척 흡족한 날이었지요. 맹인을 도와주었고, 바라던 감형선고가 있었고, 의뢰인으로부터 뜨거운 악수를 받았고, 후한 인심도 몇 차례 베풀었고, 오후에는 몇몇 친구들 앞에서 우리 사회 지도층의 냉혹함과 엘리뜨들의 위선에 관해 즉흥연설까지 했었거든요.

이 시간에는 인적이 없는 뽕데자르에 올라, 이제는 밤이 되어 거의 알아볼 수 없는 강을 바라보았습니다. 그 오입쟁이[11] 동상 앞에서 강 속의 섬을 굽어보고 있었지요. 내 안에서 어떤 거대한 힘과 뭐랄까, 성취감 같은 게 솟아오르는 느낌이 들었고, 이것이 내 마음

---

10 예술의 다리(Pont des Arts). 뽕뇌프와 뽕뒤까루젤 사이에 있으며 쎈 강에서 유일한 도보 전용 다리이다.
11 앙리 4세의 기마 동상. 오입쟁이(le Vert galant)란 수많은 정부를 거느렸던 앙리 4세의 별명이다.

을 한껏 부풀게 해주었습니다. 가슴을 쫙 펴고 만족의 표시로 담배에 불을 붙이려는데, 바로 그때, 내 뒤에서 웃음소리가 들렸습니다. 깜짝 놀라 홱 돌아보았지요. 아무도 없었습니다. 난간까지 다가가 살펴보았지만 큰 거룻배도 작은 배도 전혀 보이지 않았습니다. 다시 섬을 향해 돌아섰는데, 또다시 등 뒤에서 웃음소리가 들렸습니다. 이번엔 좀더 멀리, 마치 강을 따라 내려오는 것 같더군요. 나는 얼어붙은 듯 그 자리에 서 있었습니다. 웃음소리는 약해졌지만 뒤에서는 여전히 그 소리가 또렷이 들렸습니다. 하지만 강이 아니라면 대체 어디서 오는 건지 전혀 가늠할 수 없었지요. 동시에, 심장이 빠르게 고동치기 시작했습니다. 그렇다고 오해하진 마십시오. 이 웃음은 조금도 이상할 게 없었으니까요. 지극히 자연스럽고 친근감이 들 정도로 유쾌한 웃음이었지요. 주위는 다시 원상태로 돌아갔고 조금 있으니 더이상 아무 소리도 들리지 않더군요. 다시 강변길로 돌아와 도핀 가로 접어들어 필요하지도 않은 담배를 샀습니다. 나는 얼빠진 사람처럼 덤벙거렸고 숨 쉬기조차 힘들었습니다. 그날 저녁, 한 친구에게 전화를 했는데 집에 없더군요. 외출을 할까 망설이고 있는데 갑자기 창문 아래서 웃음소리가 들렸습니다. 얼른 창문을 열었지요. 아니나 다를까, 보도에서 젊은이들이 즐겁게 작별인사를 나누고 있었습니다. 어깨를 으쓱하고는 다시 창문을 닫았지요. 어쨌거나 검토해야 할 서류가 있었거든요. 그리고 물을 마시려고 욕실로 갔습니다. 내 모습은 거울 속에서 미소를 짓고 있는데 내 눈엔 이 미소가 어른거려 이중으로 보이는 것 같았습니다……

　뭐라고요? 죄송합니다. 그만 딴생각을 하고 있었군요. 아마, 내일 또 뵙게 될 겁니다. 내일이오, 네, 그렇습니다. 아, 아니에요, 난 더 있을 수가 없습니다. 저기 저 갈색 곰 같은 사내가 보이죠? 상의할 게 있다며 그가 와달라고 했거든요. 정직한 사람이 분명한데 경찰 쪽에선 그를 비열하고 악랄하게 괴롭히고 있지요. 그의 얼굴이 살인자처럼 생긴 것 같습니까? 실은 그의 직업 때문에 그렇게 보이는 것뿐입니다. 물론 강도짓을 하기도 하지만 저 원시인처럼 생긴 사내가 그림 밀매의 전문가라는 것을 알면 깜짝 놀랄 겁니다. 사실 네덜란드에서는 누구나 그림과 튤립에 관한 전문가이지요. 저기 저 사내는 생긴 건 보잘것없어도 가장 유명한 회화 도난사건의 주모자랍니다. 어떤 사건이냐고요? 차차 말씀드리게 될 겁니다. 어떻게 이렇게 잘 아느냐고요? 놀랄 것 없습니다. 속죄판사이기는 하지만 나는 여기서 다른 일거리를 갖고 있거든요. 바로 저 선량한 사람들의 법률고문이지요. 나는 이 나라의 법을 연구했고 면허를 요구하지 않는 이 구역에서 고객들을 만나게 되었습니다. 이것도 쉬운 일은 아니었지만 내가 사람들에게 신뢰감을 좀 주는 편이거든요, 안 그렇습니까? 거리낌 없는 유쾌한 웃음과 힘찬 악수, 바로 이것이 내 비장의 무기였던 셈이지요. 게다가 몇가지 어려운 사건을 해결해주었거든요. 처음엔 돈을 벌려고 시작했다가 나중에는 신념을 갖고 매달리게 되었지요. 만약 포주들과 도둑들이 예외없이 어디서나 처벌을 받는다면, 점잖은 양반들은 언제까지 자신들은 죄

가 없다고 믿게 될 겁니다, 선생님. 무엇보다—네, 네, 곧 간다고
요!—이런 일은 없도록 해야지요. 그리된다면 실로 가소로운 일
이 될 테니까요.

이토록 호기심을 가져주시니 정말 감사합니다, 선생님. 하지만 내 이야기는 특별한 게 전혀 없습니다. 하도 궁금해하시니 하는 말인데, 며칠간은 나도 그 웃음이 좀 신경 쓰였습니다. 하지만 그러고는 잊어버렸지요. 이따금 마음 한구석에서 그 소리가 들리는 것 같았지만 대개는 쉽사리 다른 것을 생각하곤 했습니다.

그렇다 해도 빠리의 강변길에는 더는 발을 들여놓지 않게 되었다는 건 인정할 수밖에 없군요. 자동차나 버스를 타고 이곳을 지나갈 때면 마음속에 일종의 침묵이 흐르곤 했지요. 아마 뭔가를 기다렸던 것 같습니다. 하지만 쎈 강을 다 건너도 일은 전혀 일어나지 않았지요. 그러면 안도의 숨을 내쉬곤 했습니다. 또 그 무렵 몸이 별로 좋지 않았습니다. 딱히 꼬집어 말할 순 없지만 의기소침 같은 증세였지요. 왠지 유쾌한 기분을 되찾기가 힘들었습니다. 몇군데서 진찰을 받았는데 의사들은 하나같이 강장제를 주더군요. 나는 활력을 되찾는 듯하다가 다시 가라앉곤 했습니다. 생활하는 것도 예전처럼 수월하지가 않았지요. 몸이 가라앉으면 마음도 시들한 법이니까요. 배우지 않아도 그토록 잘 알고 있었던 것, 요컨대 산다는 것을 일부분 잊어버린 듯한 느낌이었습니다. 그래요, 모든 일의 발단은 바로 그때였다는 생각이 드는군요.

그런데 오늘 저녁에도 몸이 별로 안 좋은 것 같습니다. 말을 하는 것조차 힘이 드네요. 언변도 예전만 못한 것 같고, 말도 그리 명확하지 않고요. 아마 날씨 탓일 겁니다. 공기가 너무 무겁게 짓눌러 가슴이 답답하고 숨 쉬기조차 어렵거든요. 선생님, 괜찮다면 밖으로 나가 거리를 좀 거니는 게 어떻겠습니까? 고맙습니다.

밤 운하는 언제 봐도 아름답군요! 곰팡내 나는 이 수증기, 운하 속에 잠기는 낙엽 냄새, 꽃을 가득 실은 거룻배에서 올라오는 음산한 내음, 나는 이런 것들이 좋습니다. 아니요, 천만에요, 이것은 전혀 병적인 취향이 아닙니다. 반대로, 내겐 일종의 고집 같은 거지요. 사실대로 말하면, 내가 일부러 이 운하를 좋아하려고 애쓰고 있다는 겁니다. 실은 내가 세상에서 가장 좋아하는 건 바로 시칠리아입니다. 에뜨나 산 정상에서, 밝은 빛 속에 이 섬과 바다를 굽어보는 것을 무엇보다 좋아하지요. 또 무역풍이 불 때는 자바 섬도 좋습니다. 네, 젊었을 때 가본 적이 있지요. 대체로 섬은 다 좋아하는 편입니다. 거기서는 군림하기가 더 쉬우니까요.

참 재미난 집 아닙니까? 저기 보이는 두개의 머리는 흑인 노예들의 머리입니다. 간판이지요. 저 집은 노예상인의 집이었어요. 아! 당시엔 저런 일을 숨기지도 않았다니까요! 오히려 호기있게 대놓고 말했지요. "보시오, 이 목 좋은 데가 내 가게요. 나는 노예장사를 하는 사람이오. 검은 몸뚱이를 팔고 있소." 요즘은 저런 것을 제 직업이라고 버젓이 광고하는 사람을 상상할 수나 있겠습니까? 그야말로 파렴치한 짓이겠지요! 빠리의 동료들이 떠들어대는 소리가 여기까지 들리는 것 같군요. 이 문제에 관해선 몹시 완강하거든요. 그들은 주저없이 두서너번 성명서를 발표할 겁니다. 아마 그 이상일걸요! 좀 생각한 뒤 나도 그 서명에 동참할 겁니다. 노예제도라니, 어림 반푼어치도 없는 소리지요! 우리는 반대합니다! 자기 집이나 공장에 노예를 둘 수밖에 없는 거야, 뭐 불가피한 일이라고 칩시다. 아무리 그렇더라도 이것을 자랑처럼 떠벌리는 것은 도가 지나치단 말이지요.

무릇 인간이란 남을 지배하든가 남에게 섬김을 받든가 하지 않고는 견딜 수 없는 존재라는 건 잘 압니다. 누구에게나 맑은 공기가 필요하듯 노예란 필요하지요. 명령하는 것은 곧 호흡하는 것이니까요. 여기에 동의하시죠? 가장 불우한 사람조차도 숨은 쉬게 마련입니다. 사회에서 가장 낮은 위치에 있는 사람도 배우자나 자식이 있고 독신일 경우엔 개가 있지 않습니까. 요컨대 핵심은, 상대는 대꾸할 권리가 없으나 자신은 화를 낼 수 있다는 겁니다. '아버지한테 말대답해서는 안된다'라는 상투적인 말이 있습니다. 알고 계시죠? 어떤 면에서 보면, 이 말은 좀 이상합니다. 자기가 사랑하는 사람한테가 아니면 대체 누구한테 말대답을 한단 말입니까? 그러나 달리 보면 꽤 설득력이 있는 말입니다. 누구에게나 대적할 수 없는 상대가 하나쯤은 있어야 하기 때문이지요. 그러지 않으면 모든 이유들이 서로 대립할 수 있고, 결국 끝이 나지 않을 테니까요. 이와 반대로, 권력은 모든 것을 단번에 끝내줍니다. 많은 시간이 걸리기는 했지만 우리는 이것을 터득했지요. 가령, 당신도 알아차렸겠지만, 우리의 늙은 유럽은 드디어 꽤 쓸 만한 방식으로 문제를 논의하게 되었습니다. 우리는 이제 순진한 시절에 그랬듯 "나는 이렇게 생각합니다. 여러분들의 의견은 어떻습니까?"라고 말하지 않습니다. 다들 냉철해졌거든요. 대화도 통보로 대체해버렸습니다. 그래서 우리는 이렇게 말하지요. "이상은 사실이다. 당신들은 언제든 이것을 검토할 수 있으나, 그것은 우리의 관심사가 아니다. 몇년 후, 경찰이 당신들에게 내가 옳다는 것을 입증할 것이다."

아! 사랑하는 지구여! 이제 모든 것이 명확해졌습니다. 우리는 자신을 알게 되었고, 우리가 무엇을 할 수 있는지도 알고 있습니다. 여기서, 주제를 바꾸기보다 예를 바꾸어 내 이야기를 해보도록 하지요. 나는 항상 미소를 지으며 남에게 섬김을 받고자 했습니다. 하녀가 침울한 표정을 하고 있으면 내 일상이 온종일 엉망이 되어버리곤 했지요. 물론 하녀라고 늘 밝은 표정만 지어야 한다는 법은 없을 겁니다. 하지만 그녀가 울상을 지으며 일하기보다 웃으면서

시중드는 것이 그녀를 위해 더 낫다고 생각했습니다. 실은 나를 위해 더 나은 것이었지만요. 하지만 내 논리가 훌륭하진 않아도 완전히 얼토당토않은 것은 아니었습니다. 이와 같은 맥락에서, 나는 중국 식당에서 식사하기를 늘 꺼렸습니다. 왜냐고요? 아시아인들은 입을 꾹 다물고 백인들 앞에 있으면 대개 상대를 경멸하는 듯한 인상을 주기 때문이지요. 당연히 시중들 때도 이 태도를 고수하고요! 그러니 뿔레라께[12]를 어떻게 즐길 수 있겠습니까? 무엇보다, 이 얼굴을 보면서 어떻게 내가 올바르다고 생각할 수 있느냔 말입니다.

순전히 우리끼리니까 하는 얘기입니다만, 굴종이란, 특히 상냥한 굴종은 불가피한 것입니다. 그렇다고 이것을 인정할 수야 없지요. 그러니 노예를 부릴 수밖에 없는 사람은 차라리 이들을 자유인이라고 부르는 게 낫지 않을까요? 원칙을 따져봐도 그렇고 이들을 절망에 빠뜨리지 않기 위해서도 그렇습니다. 노예들한테도 이만한 보상은 마땅히 주어져야 하는 것 아닙니까? 그리되면 이들은 계속 미소를 지을 것이고, 우리는 떳떳한 양심을 지킬 수 있을 테니까요. 하나 그리되지 않는다면 우리는 자신을 되돌아볼 수밖에 없을 것이고, 너무 괴로워 미쳐버릴 겁니다. 또 그렇게까지 되진 않더라도 무슨 일이 벌어질지 장담할 수 없습니다. 그러니 간판을 내걸어선 안됩니다. 저기 저런 간판은 말도 안되는 짓이지요. 게다가 모든 사람들이 식탁에 둘러앉아 자신의 진짜 직업과 신분을 공공연히 떠

---

12 닭을 양념에 재워 오븐에 구워낸 요리로 옻칠을 한 것처럼 반들거리는 데서 유래한 이름이다.

벌린다면 다들 어쩔 줄 몰라할 겁니다! 이런 명함을 한번 상상해보십시오. '뒤뽕, 비겁한 철학자' 혹은 '기독교도, 악덕지주' 혹은 '상습 간통자, 휴머니스트'. 선택은 그야말로 자유입니다. 그러나 무엇이 됐건 지옥일 겁니다! 그렇습니다, 지옥은 틀림없이 거리마다 간판들이 즐비하고 해명할 방법이 전혀 없는 곳, 누구나 일단 분류되고 나면 그것으로 끝나버리는, 그런 곳일 겁니다.

선생님, 당신의 간판은 어떨지 생각해보십시오. 말이 없으시군요. 그럼, 나중에 대답해주십시오. 아무튼 내 간판은 알고 있습니다. 매력적인 야누스의 이중 얼굴이 그려져 있고, 그 위에 '믿지 말라'라는 가게의 모토가 붙어 있지요. 또 내 명함에는 '장바띠스뜨 끌라망스, 희극배우'라고 쓰여 있습니다. 그런데 앞서 말한 그날 저녁 일이 있은 지 얼마 후, 미처 몰랐던 뭔가를 발견했습니다. 한 맹인을 보도로 안내해주고 헤어지면서 나는 그에게 인사를 했습니다. 모자를 살짝 치켜들면서 말이지요. 그런데 이 인사는 명백히 그를 상대로 한 것이 아니었습니다. 그 맹인은 이것을 볼 수 없었으니까요. 그렇다면 누구를 향한 것이었겠습니까? 대중이었지요. 말하자면 역할이 끝난 뒤 무대인사를 한 겁니다. 이거야 뭐 나쁠 건 없습니다. 그렇지요? 또 그맘때 어느날은 도와줘서 고맙다고 말하는 자동차 운전자에게 어느 누구도 나처럼 하지는 않았을 거라고 대답했습니다. 당연히, 누구라도 그렇게 했을 거라고 말하려던 것이었는데 무심결에 말이 헛나갔던 겁니다. 이 엉뚱한 실수가 계속 마음에 걸리더군요. 겸손하기로 치자면 그야말로 나를 따를 자가 없었는데 말이지요.

선생님, 겸허히 고백하지 않을 수 없군요. 나는 언제나 허영으로 꽉 차 있었습니다. 나, 나, 나, 이것은 내 소중한 삶의 후렴구처럼 내 입에서 나오는 모든 말 속에 빠지지 않고 등장했습니다. 내 자랑을 늘어놓지 않고는 이야기가 안될 정도였으니까요. 특히 교묘히 드러나지 않게 말할 때는 더욱 그랬는데, 그 비결은 나만 알고 있었지요. 내가 늘 자유롭고 강한 인간으로 살았던 건 틀림없는 사실입니다. 그러나 이것은 나와 견줄 만한 사람을 찾지 못했다는 그럴듯한 이유를 앞세워, 누구한테도 구속받지 않는 존재라고 느꼈던 것뿐입니다. 앞서 말했듯, 나는 항상 남들보다 현명하다고 자처했을 뿐 아니라 누구보다 더 예리하고 능숙한 사격의 명수요, 탁월한 운전자요, 훌륭한 애인이라고 자부했습니다. 심지어 내 열등함이 쉽게 확인되는 분야들, 가령 테니스만 봐도 그렇습니다. 나는 그럭저럭 괜찮은 파트너에 지나지 않았는데도 연습할 시간만 있다면 일류선수들을 압도할 거라고 철석같이 믿고 있었다니까요. 나는 나 자신의 우월함밖에는 인정하지 않았고, 바로 이것이 내가 친절을 베풀고 마음의 평정을 누릴 수 있는 동력이었습니다. 남을 돌봐주는 것은 어떤 강요도 없이 순전히 자발적으로 베푼 호의였는데, 그 공이 고스란히 내게 돌아왔으니까요. 이렇게 해서 나는 내가 지향하는 사랑을 향해 한 계단 더 올라갔던 겁니다.

몇몇 다른 사실들을 통해, 앞서 말한 그날 저녁 이후 나는 조금씩 증거들을 발견하게 되었습니다. 아니요, 곧 알게 된 것은 아닙니다. 아주 분명한 것도 아니었고요. 처음엔 기억을 더듬어야만 했습니다. 차츰 더 또렷이 보게 되었고, 내가 알고도 모른 체했던 것들을 깨닫게 되었지요. 그때까지 놀랄 만한 망각의 힘이 나를 돕고 있었습니다. 나는 모든 것을 잊고 있었지요. 무엇보다 내 결심을 잊고 있었습니다. 따져보면 중요한 건 아무것도 없었지만요. 물론, 전쟁이나 자살, 사랑, 불행 같은 것들에 주의를 기울이긴 했습니다. 그러나 상황에 떠밀려 어쩔 수 없을 때 정중하고 피상적으로 흉내만 냈을 뿐이지요. 가끔, 일상적인 내 생활과 관계없는 사건에 열심인 척하기도 했지만 이것도 내 자유가 방해받지 않는다면 당연히 끼어들지 않았을 겁니다. 뭐랄까, 이것은 그냥 가볍게 스쳐가는 것이었습니다. 네, 맞습니다. 모든 것이 나를 스치듯 지나갔지요.

그러나 공정하게 말하면, 내 망각이 찬사를 받을 만한 때도 있었습니다. 잘 아시겠지만, 어떤 모욕이든 다 용서하는 것을 신앙으로 삼고, 실제로도 용서해주지만 결코 잊어버리지 않는 사람들이 있습니다. 내 사람됨은 이런 모욕을 용서할 만큼 고상하진 않았으나 늘 이것을 잊어버리곤 했습니다. 그래서 자기를 미워하고 있을 거라고 생각했던 사람이 내가 활짝 웃으며 인사하는 것을 보고는 놀라 어리둥절해하곤 했지요. 이런 반응은 그 사람의 본성에 따라, 내고귀한 인품에 감탄하거나 아니면 내 비굴함을 경멸하는 것이었습니다. 그러나 그는 내 행동의 이유가 보기보다 단순하다는 걸 생각하지 못했던 겁니다. 사실 나는 그의 이름조차 잊어버리고 있었거든요. 나를 무관심하거나 배은망덕한 인간으로 만들었던 결점마저도 이때는 나를 도량이 넓은 호인으로 만들어주었다니까요.

결국 나는 그날그날 나, 나, 나로 이어지는 연속 이외엔 아무것도 없이 살았습니다. 그날그날 여자들과 어울리고, 그날그날 미덕이나 악덕을 행하며 그저 개처럼 살았지요. 하지만 나 자신만은 확고히 존재하고 있었습니다. 이렇듯 나는 삶의 표면에서, 어찌 보면 결코 실제가 아닌 말 속에서 살아가고 있었던 겁니다. 그 많은 책들을 읽는 것도 건성이요, 친구를 사랑하는 것도 건성, 도시를 방문하는 것도 건성, 여자를 사로잡는 것조차도 건성이었다니까요! 내 몸짓들은 그저 권태나 심심풀이로 하는 것이었을 뿐입니다. 사람들은 뒤쫓아다니며 매달리려 했지만 잡히는 게 아무것도 없었습니다. 불행한 일이었지요. 그들에게 말입니다. 나야 벌써 잊어버렸으니까요. 나는 나 자신 외에 어떤 것도 기억하지 않았거든요.

그렇지만 조금씩 기억이 돌아왔습니다. 아니, 차라리 내가 기억으로 돌아갔다고 해야겠군요. 그리고 거기서 나를 기다리고 있던 추억을 찾아냈습니다. 선생님, 이걸 말씀드리기 전에 탐색 도중 내가 발견했던 몇가지를 예로 들어보겠습니다. (틀림없이, 당신에게 도움이 될 겁니다)

어느날, 차를 운전하고 가다가 파란불이 켜졌는데도 출발을 잠깐 지체했습니다. 그러자 참을성이 많기도 한 우리네 빠리 양반들이 곧바로 뒤에서 경적을 요란하게 울려댔지요. 이때 문득, 이와 똑같은 상황에서 일어났던 사건 하나가 떠올랐습니다. 비쩍 마르고 작달막한 키에, 코안경을 걸치고 골프 바지를 입은 남자가 오토

바이를 몰고 가다 나를 추월해 빨간불에 서 있었습니다. 이 남자는
정지하면서 엔진을 꺼뜨려 다시 시동을 걸려고 애를 썼지만 번번
이 허탕만 쳤지요. 파란불이 켜지자 나는 평소처럼 공손히, 지나갈
수 있게 오토바이를 좀 비켜달라고 부탁했습니다. 이 사내는 힘없
이 헛김만 뿜어대는 엔진 때문에 잔뜩 짜증이 나 있었던 터라, 대
뜸 빠리식 예의대로 닥치고 꺼지라고 대꾸했지요. 나는 다시 한번
공손히 청했지만 목소리엔 약간의 노여움이 묻어났습니다. 그러
자 걸어가든지 말을 타고 가는지 어떻게든 가면 될 것 아니냐고 오
히려 성을 내더군요. 그사이, 내 뒤에선 경적들을 울려대기 시작했
습니다. 더욱 단호한 어조로, 나는 상대에게 예의를 좀 갖춰달라고,
자신이 지금 통행을 방해하고 있다는 걸 모르겠느냐고 말했습니
다. 이 성마른 사내는 제 엔진에 이상이 있는 게 분명해지자 부아
가 치밀었던지 내게 으름장을 놓더군요. 한방 얻어맞고 싶다면 기
꺼이 그렇게 해주겠다고. 그 뻔뻔함이 어찌나 치가 떨리던지 이 막
돼먹은 놈의 따귀를 갈겨줄 심산으로 차에서 내렸습니다. 나는 자
신을 겁쟁이라고는 생각하지 않았고 (머릿속으로야 무슨 생각인
들 못하겠습니까!) 놈보다 머리 하나쯤은 더 큰데다 완력도 여전
히 쓸 만했거든요. 지금도 내가 얻어맞기보다는 오히려 흠씬 패주
었을 거라고 생각합니다. 그런데 차도에 내려서자마자 사람들이
몰려들기 시작했습니다. 한 사내가 득달같이 달려오더니 날더러
아무짝에도 쓸모없는 망나니라고 퍼부어대고는 오토바이 운전자,
즉 불리한 입장에 놓인 사람한테 주먹질을 하게 내버려두진 않겠

다고 호언했습니다. 나는 이 협객과 맞서고 있었지만 실은 그를 보지도 못했습니다. 내가 고개를 돌리자마자, 거의 동시에 오토바이의 연속적인 폭발음이 다시 들렸고 귀빰을 호되게 얻어맞았으니까요. 그리고 내가 확인할 새도 없이 오토바이 운전자는 사라져버렸습니다. 얼빠진 사람처럼 나는 반사적으로 그 달따냥 같은 협객을 향해 걸어갔지요. 그 순간, 그새 몹시 길어진 수많은 차량들로부터 분노의 경적이 터져나왔습니다. 다시 파란불이 켜졌던 겁니다. 그래서 나를 닦달했던 그 얼간이를 혼내주지도 못하고 여전히 멍한 얼굴로 순순히 내 차로 돌아와 시동을 걸었습니다. 내가 지나가는 동안 그 얼간이가 내게 인사랍시고 "한심한 놈!"이라고 내뱉던 게 아직도 기억나는군요.

별로 시답잖은 얘기라고 말씀하시겠지요? 그럴지도 모릅니다. 다만 중요한 것은, 내가 그 일을 잊는 데 아주 오래 걸렸다는 사실입니다. 하지만 내게도 변명의 여지는 있었습니다. 영문도 모른 채 얻어맞고 아무 대항도 못했지만 나를 비겁하다고 비난할 수는 없었을 겁니다. 불시의 습격에 놀란데다 양쪽에서 덤벼드는 바람에 혼란에 빠져 있던 내게 요란한 경적 소리가 최후의 일격을 가한 셈이었으니까요. 그럼에도 불구하고 마치 명예가 실추되기나 한 것처럼 비참했습니다. 비웃는 듯한 대중들의 눈길을 받으며, 아무 반응도 없이 차에 오르던 내 꼴이 자꾸만 떠올랐지요. 그때 내가 아주 세련된 푸른색 정장을 입고 있어서 그들이 더 신나했던 기억이 나는군요. "한심한 놈!"이라는 말이 계속 귓가에 맴돌았고, 어찌 됐

건 틀린 말은 아닌 것 같았습니다. 요컨대, 나는 공개적으로 기가 꺾이고 말았으니까요. 여러가지 사정이 겹쳐 그리된 것은 사실이지만, 사정이란 늘 있는 법이지요. 나중에서야, 그때 내가 어떻게 대처했어야 했는지를 분명히 알겠더군요. 그래서 이런 모습을 그려보곤 했습니다. 강한 훅을 날려 그 달따냥 녀석을 때려눕히고 내 차에 오른 다음, 나를 때린 그 막돼먹은 놈을 쫓아가 따라잡고, 오토바이를 길옆으로 몰아붙이고 놈을 끌어내려서, 놈이 아낌없이 받았어야 할 연타를 마구 날리는 것입니다. 몇군데는 조금씩 달라지기도 했지만 나는 상상 속에서 이 짧은 필름을 백번도 넘게 돌렸을 겁니다. 그러나 때는 이미 늦어버렸고 나는 며칠 동안 이 수치스러운 원한을 꾹 눌러참아야만 했습니다.

이런, 비가 또 내리는군요. 저 현관 밑에서 잠시 쉴까요? 좋습니다. 아까 어디까지 얘기하다 말았지요? 아! 맞아요, 명예에 관한 얘기였지요! 그러니까, 그 사건에 대한 기억을 되찾았을 때, 나는 이것이 무엇을 뜻하는지를 깨달았습니다. 결국 내 공상이 사실에 따른 검증을 통과하지 못했던 거지요. 이제는 내가 꿈을 꾸었다는 것이 명백해졌습니다. 나는 직업에서처럼 인격적으로도 존경받는 완전한 인간, 이를테면 반은 쎄르당[13], 반은 드골[14] 같은 인간이 되길

---

13 마르셀 쎄르당(Marcel Cerdan, 1916~49). 알제리 출신 권투 선수로 이차대전 중 독일, 영국, 미국의 강자를 차례로 물리치고 미국의 강철권 토니 제일마저 녹아웃으로 제압해 프랑스의 국민적 영웅이 되었다.

14 샤를 드골(Charles de Gaulle, 1890~1970). 프랑스의 군인이자 정치가. 이차대전 중 프랑스 레지스땅스를 지휘했으며 알제리 문제를 해결하고 프랑스 제5공화국

꿈꾸었던 겁니다. 요컨대, 모든 것들 위에 군림하기를 바랐던 거지요. 바로 이 때문에, 보란 듯 거드름을 피우고 지적인 재능보다 오히려 육체적인 역량을 보여주려고 애썼던 것입니다. 그러나 아무런 대응도 못하고 공개적으로 얻어맞은 뒤로는 나 자신에 대한 이런 멋진 이미지를 품을 수 없게 되었습니다. 평소 그렇게 자처했듯, 내가 진실과 지성의 벗이었다면, 그 광경을 목격했던 사람들은 벌써 잊어버렸을 그 사건이 내게 무슨 영향을 줄 수 있었겠습니까? 기껏해야, 아무것도 아닌 일에 화를 냈던 나 자신을 책망하거나, 설령 화를 냈을지라도 평정심이 부족해 이 분노에서 비롯된 결과들을 잘 극복하지 못한 점을 자책하는 정도였을 겁니다. 그런데 나는 설욕하고, 두들겨패주고, 이기고 싶어 안달했습니다. 마치 내가 진실로 갈망했던 건 세상에서 가장 현명하거나 너그러운 존재가 되는 게 아니라, 단지 내가 원하는 사람을 때려서, 말하자면 가장 유치한 방법으로 가장 강한 자가 되고자 했던 것처럼 말이지요. 잘 아시다시피, 영리한 사람은 누구나 갱단의 일원이 되어 오직 폭력만으로 사회를 지배하려는 꿈을 꿉니다. 그러나 이것은 갱 소설에서 보는 것처럼 그리 쉬운 일이 아니기 때문에 대개는 이것을 정치에 일임해버리고 다들 가장 가혹한 정당으로 달려가지요. 그래서 마침내 모든 이들을 지배하게 된다면, 자기 정신을 좀 욕되게 한들 무슨 문제가 되겠습니까? 내가 내 안에서 발견했던 건 바로 이런

대통령을 역임했다.

달콤한 압제의 꿈이었습니다.

어쨌든, 나는 죄인들이나 피고인들의 잘못이 내게 어떤 피해도 주지 않는 한, 정확히 이 범위 내에서만 이들 편이 되어주었다는 걸 알았습니다. 이들의 죄상에 관해 그토록 열변을 토했던 건 내가 이 죄의 피해자가 아니었기 때문이지요. 막상 내가 위협받게 되면 이번엔 나 자신이 재판관이 될 뿐 아니라 그보다 더한 인간, 즉 모든 법을 무시하고 범인을 때려눕혀 기어이 무릎을 꿇리려고 하는 폭군으로 돌변해버렸으니까요. 상황이 이렇다 보니, 선생님, 내가 정의를 위해 부름받은 자이며, 과부나 고아를 지키도록 운명 지어진 변호사라는 것을 진심으로 믿기는 어렵게 되었습니다.

빗발도 굵어지고 시간도 있고 하니, 그리고 얼마 후 내가 기억 속에서 발견했던 또다른 것을 말씀드려볼까요? 저기 벤치에 좀 앉도록 하지요. 수 세기 전부터 사람들은 담배를 피우며 이 같은 비가 이 운하로 떨어지는 것을 보아왔습니다. 이제부터 말하려는 것은 털어놓기가 더 어려운 일입니다. 한 여자에 관한 이야기지요. 먼저 알아둬야 할 것은, 여자들과의 만남에서 나는 별로 애쓰지 않고도 늘 성공했다는 점입니다. 여자들을 행복하게 해주었다는 말도 아니고, 이들로 인해 내가 행복해지는 데 성공했다는 말도 아닙니다. 네, 그냥 성공했다는 말이지요. 내가 원하기만 하면 거의 목적을 달성할 수 있었으니까요. 다들 내게 매력을 느꼈던 거지요. 이것을 한번 상상해보십시오! 매력이 어떤 건지는 잘 아실 겁니다. 매력이란 뭔가 분명한 질문을 던지지 않고도 '네'라는 대답을 이끌어

내는 하나의 수단이지요. 그 당시, 바로 내가 그랬습니다. 놀라셨나
보군요? 숨기지 않아도 됩니다. 지금 내 몰골로 봐서는 놀라는 게
당연하니까요. 아! 유감스럽지만 사람은 누구나 일정한 나이가 지
나면 제 얼굴에 책임을 져야 하는 법이지요. 내 얼굴은…… 하지만
상관없습니다! 다들 내게 매력을 느꼈던 건 사실이고 나는 이것을
이용했으니까요.

그러나 여기에는 어떤 계산도 들어 있지 않았습니다. 나는 진솔
했습니다. 아니, 거의 그랬었지요. 여자들과의 관계는 마치 말하는
것처럼 자연스럽고, 쉽고, 편했습니다. 계략 같은 건 개입되지 않았
고, 설령 있었다 해도 여자들이 경의로 받아들일 만한 공공연한 것
뿐이었습니다. 시쳇말로 나는 치마 두른 여자면 다 좋아했습니다.
그러나 이것은 곧 어떤 여자도 결코 사랑하지 않았다는 말이지요.
여성혐오란 저속하고 어리석은 짓이라는 게 평소 내 지론이었습
니다. 또 내가 아는 거의 모든 여자들을 나보다 더 낫다고 생각했
고요. 한데 이토록 여자들을 치켜세우면서도 이들을 받들기보다는
오히려 자주 이용해먹었으니, 대체 어찌 된 일이었을까요?

진정한 사랑은 당연히 이례적인 경우입니다. 대략 한 세기에 두
서너번 있을까 말까 하니까요. 그 나머지 경우엔 허영이나 권태가
있을 뿐이지요. 내 경우는 어쨌든 뽀르뚜갈 수녀는 아니었습니다.
인정미가 없지도 않았고, 그렇기는커녕 오히려 감동이 넘치고 이
로 인해 쉽게 눈물을 흘리는 편이었지요. 다만, 내 열정은 항상 나
를 향해 있었고 감동 또한 나와 관련된 것이었을 뿐입니다. 그러니

내가 결코 사랑하지 않았다는 말은 거짓입니다. 지금껏 살면서 나는 적어도 하나의 큰 사랑에 몰두했었고, 그 대상은 언제나 나 자신이었습니다. 이런 연유로, 아주 젊은 시절의 불가피한 고민들이 끝나자 내 연애관은 신속히 정해져버렸습니다. 관능, 이것만이 내 애정생활을 지배하게 된 거지요. 나는 단지 쾌락과 정복의 대상만을 찾았고, 게다가 타고난 기질이 여기에 힘을 보탰습니다. 날 때부터 많은 혜택을 받았던 거지요. 나는 이에 대한 자부심이 대단했고 여기서 큰 만족을 얻었습니다. 그러나 이 만족이 쾌락에서 온 건지 명성에서 온 건지 지금은 잘 모르겠습니다. 이런, 또 내 자랑을 늘어놓고 있다고 하시겠군요. 뭐, 부인하진 않겠습니다. 또 이 점에서는 엄연한 사실을 자랑하는 것이니 허세를 부린다고는 볼 수 없지요.

어쨌든, 이것만 놓고 보자면, 내 관능의 욕망은 너무 절실해서 단 십분간일지라도 정사情事를 위해서라면 나중에 뼈저리게 후회할망정, 나는 아버지와 어머니도 부인했을 겁니다. 아니, 이것은 특히 십분간의 정사일 때 얘기였고, 내일을 기약할 수 없다는 확신이 들 때는 더 심했습니다. 물론, 나름대로 원칙은 있었습니다. 가령, 친구의 아내는 절대 건드리지 않는다는 것이었지요. 다만, 그럴 땐 아주 솔직하게, 며칠 전에 그 남편들과 깨끗이 절교해버렸지만요. 어쩌면 이것은 관능이라고 불러서는 안되는 것인지도 모릅니다. 육체적인 쾌락 그 자체는 추한 것이 아니니까요. 그렇다면, 너그럽게 결함이라고 해두지요. 말하자면, 사랑 안에서 성행위밖에 보지 못하는 일종의 선천적 무능력인 셈이니까요. 어쨌든 이 결함은 편리한 것이었습니다. 망각능력과 짝을 이뤄 내 자유를 키우는 데 도움이 되었으니까요. 동시에, 이 결함으로 인해 지니게 된 냉담함과 완강하리만치 독립적인 태도는 내게 새로운 성공의 기회를 주었습니다. 낭만적이지 않은 덕분에 공상적인 것에 무덤덤할 수 있었던 거지요. 우리가 사귀는 여자들이란, 모두가 실패한 데서 자기만은 늘 성공할 거라고 생각한다는 점에서 확실히 보나빠르뜨[15]와 닮은 구석이 있지요.

게다가 이런 교제에서, 나는 성적 쾌락 이외에 또다른 것을 만족시켰습니다. 바로 유흥을 좋아하는 내 기호였지요. 나는 여자들 가운데서 일종의 놀이상대를 사랑한 것입니다. 하지만 적어도 이것은 순진한 맛이 있는 놀이였습니다. 보시다시피, 나는 지루한 것을 참지 못하는 성미인지라 삶에서도 오락거리만을 애호했던 겁니다. 아무리 화려한 단체라도 곧바로 나를 지치게 했지만, 마음에 드는 여자와 함께라면 결코 지루하지 않았으니까요. 이런 고백을 하자니 좀 괴롭지만, 예쁜 단역 여배우와 첫 데이트를 위해서라면 아인슈타인과의 대담을 열번이라도 포기했을 겁니다. 실제로, 이런 데이트를 열번쯤 하고 나서야 아인슈타인이 생각나거나 수준 높은 책을 읽고 싶어지곤 했습니다. 결국 나는 허접한 방탕의 막간을 이용해서만 중요한 문제에 관심을 쏟았던 겁니다. 길거리에 서서 친

심이 너무 깊이 박혀서 명백한 증거에도 불구하고, 일단 내 것이었던 여자가 남의 것이 될 수 있을 거라고는 상상하기가 어려웠던 거지요. 그러나 여자들의 맹세는 이들을 내게 얽어맴으로써 나를 자유롭게 해주었습니다. 이들이 다른 어떤 남자와도 관계하지 않는다는 걸 알고 나서야, 비로소 나는 절교를 결심할 수 있었으니까요. 그러지 않으면 이들과 관계를 끊기란 거의 언제나 불가능했습니다. 이렇듯 여자들에 대한 확인이 끝나면, 내 능력은 비로소 영원히 보증되는 셈이었지요. 이상하지 않습니까? 하지만 모두 사실입니다, 선생님. 어떤 여자들은 "나를 사랑해달라!"라고 외치고, 또 어떤 여자들은 "나를 사랑하지 말라!"라고 외칩니다. 그러나 가장 악랄하고 가장 불행한 부류는 "나를 사랑하지 말고 내게 충실하라!"라고 외쳐대는 여자들이지요.

다만, 이 확인이란 게 결코 결정적인 것이 아니며, 한 사람씩 붙들고 처음부터 반복해야 한다는 겁니다. 또 자꾸 반복하다보면 습관으로 굳어져, 오래지 않아 생각하지 않아도 저절로 말이 술술 나오고 반사적인 행동이 뒤따르게 되지요. 그러다보면 언젠가는 정말 원하지 않는데도 붙잡고 있는, 그런 상황에 이르는 겁니다. 그렇습니다, 어떤 이들에게는 원하지 않는 것을 취하지 않는 것, 이것이 세상에서 가장 힘든 일이지요.

한데 어느날 바로 이런 일이 일어났습니다. 그녀가 누구였는지 말할 필요는 없을 것 같군요. 다만 정말 내 관능을 자극한 건 아니었지만 소극적이면서도 탐욕스럽게 갈구하는 그녀의 태도에 이끌

렸었다는 것만 말씀드리지요. 예상은 했지만 솔직히 형편없었습니다. 하지만 내겐 콤플렉스 같은 게 전혀 없었기 때문에 아주 빨리 잊어버렸고 더는 그녀를 보지도 않았습니다. 나는 그녀가 아무것도 눈치채지 못했으려니 생각했고, 어떤 의견을 가질 수 있으리라고는 상상조차 못했습니다. 더욱이 그녀의 소극적인 태도로 보아 사람들과 잘 어울리지도 않는 것 같았습니다. 그런데 몇주 후, 그녀가 제삼자에게 내 무능함을 토로했다는 걸 알았습니다. 순간, 왠지 배신당한 듯한 기분이 들더군요. 그녀는 내가 생각했던 것만큼 소극적이지도 않았고 나름대로 판단력도 있었던 겁니다. 나는 어깨를 으쓱하고는 웃어넘기는 척했습니다. 또 정말 웃기도 했고요. 그리 중요하지 않은 일인 건 분명했으니까요. 겸양을 규칙으로 삼아야 할 분야가 있다면 그것은 앞일을 전혀 예측할 수 없는 성性 문제 아니겠습니까? 그런데 실제로는 전혀 그렇지 않습니다. 심지어 고독 속에서도 자기가 더 낫다고 과시하려 들기 때문이지요. 어깨를 으쓱하긴 했지만 실제로 내 행동은 어떠했겠습니까? 얼마 후, 나는 이 여자를 다시 만나 그녀를 유혹했고, 이번에야말로 확실히 사로잡기 위해 필요한 모든 노력을 다 했습니다. 이것은 그리 어렵지 않았습니다. 여자들도 실패의 경험에 연연하는 걸 좋아하진 않으니까요. 그때부터, 분명 그럴 의도는 아니었는데, 사실상 온갖 방법을 동원해 그녀를 괴롭히기 시작했습니다. 그녀를 버렸다가 다시 관계하기도 하고, 시간과 장소를 가리지 않고 강제로 범하고, 모든 면에서 그녀를 너무 난폭하게 다루었지요. 그래서 간수가 자기 죄수에게 매여 있는 꼴이 연상될 정도로 그녀에게 집착하게 되어버렸습니다. 그리고 이 관계는 고통스럽고 강요된 쾌락의 극심한 혼란 속에서, 그녀가 자신을 굴복시켜주는 것을 큰 소리로 찬양하는 날까지 계속되었습니다. 바로 그날, 나는 그녀로부터 멀어지기 시작했고 그후로 그녀를 잊어버렸습니다.

예의상 아무 말씀도 안하고 계시지만, 이 사건이 자랑삼아 떠벌릴 만한 것이 아니라는 건 인정합니다. 하지만 선생님, 당신의 삶을 한번 돌아보십시오! 기억을 깊이 파고들어가보면, 아마 이와 비슷한 뭔가를 발견하게 될 겁니다. 그 이야기는 나중에 들려주십시오. 내 경우, 이 일이 생각났을 때 다시 웃기 시작했습니다. 그러나 예전과는 다른 웃음이었지요. 뽕데자르 위에서 들었던 웃음과 아주 흡사한 것이었습니다. 내 이야기들과 변론들이 우스웠던 겁니다. 여자들에게 했던 이야기들보다 변론들이 더 우스웠지요. 여자들한테는 적어도 거짓말은 별로 하지 않았으니까요. 내 본능이 가식적인 태도를 통해 빠져나갈 구실을 찾지 않고 솔직하게 말했기 때문이지요. 예컨대 사랑의 행위는 일종의 고백입니다. 여기서는 이기심이 노골적으로 요구하고, 자만심이 폭로되기도 하고, 혹은 참된 아량이 드러나기도 하지요. 결국 나는 다른 연애들보다 이 유감스러운 사건 속에서, 내가 생각했던 것보다 더 솔직했고, 내가 어떤 인간이며 어떻게 살아갈 수 있는지를 보여주었던 겁니다. 따라서 겉모습이야 어떻든, 무죄와 정의를 위해 일에서 대활약을 펼칠 때보다, 오히려 사생활에서 ─ 방금 말한 것처럼 형편없이 처신할 때조차도—더 위엄있는 인간이었던 거지요. 적어도 사람들과 어울려 그들을 대하는 모습을 보면서 내 본성을 오인할 수는 없으니까요. 어디서 읽은 말인지, 내 생각인지는 모르겠습니다만 '누구도 자신의 쾌락 속에서는 위선자가 아니다'라는 말도 있잖습니까, 선생님?

그래서 내가 한 여자와 완전히 결별하고자 했을 때 느꼈던 어려움, 이로 인해 동시에 많은 관계를 맺을 수밖에 없었던 어려움을 생각할 때도, 정에 약한 내 마음을 탓하지는 않았습니다. 내 여자 친구 하나가 우리의 정열이 한껏 불타오르길 기다리다 지쳐 물러나겠다고 말할 때, 나를 움직인 것은 이 약한 마음이 아니었기 때문이지요. 그리되면 나는 즉시 한 걸음 앞서 나아가 달래기도 하고 설득하기도 했습니다. 하지만 여자들에게는 애정과 유순한 마음을 일깨워놓고, 정작 나 자신은 이것을 피상적으로만 느꼈을 뿐입니다. 여자 쪽의 거절로 다소 흥분한데다 애정을 잃게 될지도 모른다는 생각에 불안해졌던 거지요. 가끔은 정말 괴롭다는 생각이 들기도 했습니다. 그러나 내게 반항하던 여자가 떠나고 나면 그것으로 쉽게 잊어버리고 말았습니다. 반대로, 그녀가 돌아오기로 작정했을 때 내 옆에 와 있는 그녀를 잊어버린 것처럼 말이지요. 네, 이것은 사랑이 아니었습니다. 또한 버림받을 위기에 처했을 때 나를 일깨워주었던 아량도 아니었습니다. 단지 사랑받고자 하는 욕망, 오직 내 관점에서, 마땅히 받아야 할 것을 받고자 하는 욕망이었을 뿐이지요. 이런 연유로, 사랑받게 되고 상대를 다시 잊어버리고 나면 나는 즉시 빛나기 시작했고, 최고의 상태가 되어 호감 가는 인물이 되곤 했습니다.

더구나 주목할 것은 이 애정을 다시 얻자마자 곧바로 짐스럽게 여겼다는 점입니다. 귀찮고 짜증이 날 때면 내 관심을 끄는 여자가 죽어버리는 것이 이상적인 해결책이라는 생각이 들기도 했습니다. 이 죽음으로 한편으론 어정쩡한 우리 관계가 완전히 확정될 것이고, 또 한편으론 그녀를 옭아매고 있는 구속이 제거될 것이라고 생각했던 거지요. 그러나 모든 사람이 다 죽기를 바랄 수는 없는 것 아니겠어요? 극단적으로 말해, 인류가 멸망하기 전에는 상상할 수 없는 이런 자유를 누리자고 지구의 전인구를 말살할 수는 없는 노릇이니까요. 내 감성은 이에 저항했고 인간에 대한 내 사랑도 이를 용납하지 않았습니다.

모든 일이 순조롭고 평화로운 가운데 마음대로 오갈 수 있는 자유가 주어졌을 때, 이런 정사情事들 속에서 내가 느꼈던 유일한 감정, 마음속 깊이 우러나는 감정은 바로 감사였습니다. 그래서 방금 한 여자와 잠자리를 하고 난 뒤 다른 여자를 만나면 더없이 상냥하고 쾌활하게 대할 수 있었습니다. 마치 한 여자에게 진 빚을 다른 모든 여자들에게 갚는 것처럼 말이지요. 게다가 겉으로는 아무리 마음이 혼란스럽고 착잡해 보여도 내가 얻는 결과는 명백했습니다. 주변의 모든 애정을 고스란히 유지한 채 내가 원하기만 하면 언제든 이용할 수 있는 것이었지요. 고백하건대, 결국 나는 이런 조건이 아니면 결코 살 수 없는 사람이었습니다. 즉, 지구 상 모든 사람들이, 아니면 최대한 많은 사람들이 영원히 임자 없는 상태로, 자주적인 삶을 포기한 채, 어떤 순간이라도 내 부름에 즉각 응할 태세를 갖추고, 감히 내가 이들에게 빛을 비춰줄 그날까지, 아무것도 생산할 수 없도록 운명 지어진 채, 오직 나만 바라보고 있어야 한다는 것이었지요. 요컨대, 내가 행복하게 살기 위해서는 나를 선택한 사람들은 결코 살지 말았어야 했던 겁니다. 그저 가끔씩, 오직 내 기분에 따라 저마다 생명력을 부여받아야 했던 거지요.

아! 부디 믿어주십시오. 이런 얘기를 털어놓는 것은 이것을 조금이라도 만족스럽게 생각하기 때문이 아닙니다. 그 시절을 떠올릴 때마다, 나 자신은 아무 댓가도 치르지 않고 모든 것을 요구하고, 나를 떠받들게 하려고 숱한 사람들을 동원하고, 언제든 형편에 따라 이들을 손쉽게 이용할 수 있도록 일종의 냉장고에다 넣어두었던 그 시절을 떠올릴 때마다 내 안에서 이는 이 야릇한 감정을 뭐라고 불러야 할지 모르겠습니다. 혹 수치심이 아닐까요? 말씀해주십시오, 선생님. 수치심은 좀 화끈거리지 않습니까? 맞다고요? 그렇다면, 수치심과 관련된 것이겠군요. 아니면 명예와 관련된 가소로운 감정들 중 하나일 겁니다. 어쨌든 이 감정은 내가 기억의 한복판에서 발견했던 그 사건 이후 한시도 나를 떠나지 않았던 것 같습니다. 여담을 늘어놓기도 하고 이야기를 지어내느라 애를 먹기도 했지만 이 점은 널리 이해하실 줄 믿습니다. 아무튼 더는 그 이야기를 미룰 수가 없군요.

아, 비가 그쳤네요! 우리 집까지 좀 바래다주시겠습니까? 이상

하게 피곤하군요. 말을 많이 해서가 아니라 아직 말해야 할 것이
남았다고 생각하니, 생각만 해도 지쳐서 그럴 겁니다. 그래도 기운
을 내야죠! 내 중대한 발견을 이야기하는 데는 몇 마디면 족할 겁
니다. 하기야, 그 이상 무슨 말이 더 필요하겠습니까? 조각상을 노
출하려면 미사여구 따윈 날려버려야지요. 그러니까, 내가 등 뒤에
서 웃음소리를 들었다고 생각한 그날 저녁보다 이삼년 전 11월 어
느날이었습니다. 그날 밤, 나는 뽕루아얄[16]을 건너 쎈 강 왼편에 있
는 집으로 가려던 참이었지요. 자정이 지나 1시였는데 보슬비가 내
리고 있었습니다. 아니, 이슬비가 낫겠군요. 아무튼 이 비가 뜨문
뜨문 보이는 행인들을 흩어놓고 있었지요. 나는 한 여자친구와 막
헤어지고 오는 길이었는데 그녀는 분명 이미 잠들어 있었을 겁니
다. 약간 몽롱한 상태에서 이렇게 걷는 것이 즐거웠습니다. 몸은 차
분히 가라앉아 있었고 내리는 비처럼 부드러운 피가 온몸을 감싸
며 돌고 있는 것 같았지요. 이 다리 위에서, 나는 난간 위로 몸을 숙
이고 강물을 내려다보고 있는 듯한 한 형체 뒤를 지나갔습니다. 가
까이 가보니 검은 옷을 입은 호리호리한 젊은 여자였습니다. 거무
스름한 머리칼과 외투 깃 사이로 비에 젖은 싱그러운 목덜미가 눈
에 확 띄었지요. 이것이 내 감각을 자극했습니다만 약간 망설이다
가 가던 길을 계속 갔습니다. 그리고 다리 끝에서 당시 살고 있던
쎙미셸 방향 강변길로 접어들었습니다. 약 50미터쯤 갔을 때, 그 소

---

16 뽕뇌프, 뽕데자르, 뽕뒤까루젤 다음에 있는 쎈 강의 다리.

리가 들렸습니다. 사람이 강물로 뛰어드는 소리였지요. 꽤 먼 거리였지만 밤의 정적 탓에 이 소리가 내 귀엔 엄청나게 크게 들렸습니다. 우뚝 걸음을 멈췄지요. 하지만 돌아보지는 않았습니다. 거의 곧바로 외마디 비명이 들렸고 몇번 더 이어졌지요. 이 소리 역시 강으로 내려갔고 뚝 끊겨버렸습니다. 갑자기 굳어버린 어둠 속에 침묵이 흘렀고, 이 침묵은 끝없이 지속될 것만 같았습니다. 달려가고 싶었지만 몸뚱이가 꼼짝하질 않는 겁니다. 추위와 충격으로 바들바들 떨고 있었던 것 같아요. 속으로는 빨리 가봐야 한다고 되뇌었지만 저항할 수 없는 무력감이 온몸으로 퍼지는 듯했습니다. 그때 무슨 생각을 했는지 기억나진 않지만, 아마 ‘너무 늦었어, 너무 늦은 거야⋯⋯’거나 아니면 그 비슷한 말이었을 겁니다. 그렇게 얼어붙은 채 계속 귀를 기울이다가 비를 맞으며 종종걸음으로 그 자리를 떠났습니다. 그리고 어느 누구에게도 이 사실을 알리지 않았습니다.

아, 다 왔군요. 바로 여기가 우리 집입니다. 내 은신처지요! 내일이오? 네, 좋을 대로 하십시오. 기꺼이 마르켄Marken[17] 섬으로 안내해드리지요. 죄으더르제를 보시게 될 겁니다. 그럼 11시에 멕시코시티에서 만나도록 하지요. 네? 그 여자 말입니까? 아! 모릅니다. 정말 몰라요. 그다음 날도, 그후로도 신문을 보지 않았으니까요.

---

17 네덜란드 중북부 에이셀 호(湖)에 있는 작은 섬. 목조가옥이 많으며 주민들의 독특한 의상으로 유명한 관광지.

꼭 인형의 마을 같지 않습니까? 실로 그림 같은 풍경들이야 사방에 널려 있지요! 하지만 당신을 이 섬으로 안내한 것은 경관 때문이 아닙니다, 선생님. 특이한 머리장식이라든가, 나막신이라든가, 왁스 냄새 속에서 어부들이 담배를 피우고 있는 장식된 집들처럼 당신의 감탄을 자아낼 만한 풍경은 누구나 보여줄 수 있지요. 그러나 이와는 달리 나는 여기서 정말 중요한 것을 보여줄 수 있는 몇 안되는 사람들 중 하나입니다.

제방에 도착했군요. 너무 매력적인 저 집들로부터 가능한 멀리 떨어지려면 이 제방을 따라가야 합니다. 좀 앉읍시다. 자, 어떻습니까? 과연 부정적 풍경의 백미라 할 만하지 않습니까? 우리 왼편에 있는 저 잿더미들을 보십시오. 여기서는 모래언덕이라 부르는 것이지요. 또 오른편으로는 잿빛 제방이 뻗어 있고, 발치에 펼쳐진 납빛 모래사장, 저 앞에 희미한 잿물 빛깔의 바다와 어슴푸레한 물을 반영하고 있는 드넓은 하늘까지, 생기없는 지옥이 따로 없군요! 모두 평평한 것들뿐이지요. 광채라고는 전혀 없고 공간은 무색인데다 생명은 모두 죽어 있으니, 과연 우주적인 소멸이요, 눈에 보이는 허무라 이를 만하지 않습니까? 무엇보다 사람들이 없지요. 단 한 사람도! 마침내 텅 비어버린 이 유성遊星 앞에 오직 당신과 나, 둘뿐입니다! 하늘은 살아 있다고요? 맞습니다, 선생님. 저 하늘은 두터워지다가 움푹 들어가기도 하고, 바람계단을 드러내기도 하고, 구름의 문들을 닫아버리기도 하니까요. 저것들은 비둘기랍니다. 네덜란드의 하늘이 수백만마리의 비둘기들로 가득 차 있다는 생각을 해보신 적이 있습니까? 까마득히 높이 떠 있어 눈에 보이진 않지만, 녀석들은 날개를 퍼덕이고 한결같은 동작으로 오르내리며, 바람따라 날리는 잿빛 깃털의 무성한 움직임으로 상공을 채우고 있지요. 이 비둘기들은 저 높은 데서 기다린답니다. 일년 내내, 땅 위를 맴돌며 내려오고 싶어 주위를 살피고 있지요. 그러나 바다와 운하, 간판으로 뒤덮인 지붕들밖엔 아무것도 없습니다. 내려앉을 만한 머리 하나도 보이질 않는 거지요.

지금 무슨 말을 하려는 건지 모르겠다고요? 솔직히 좀 피곤하군요. 나도 내가 무슨 말을 하고 있는지 모르겠습니다. 친구들이 그토록 칭찬해 마지않던 두뇌의 명석함이 이미 사라져버린 거지요. 여기서 친구들이라고 한 건 원칙적으로 말해 그렇다는 겁니다. 지금은 친구도 없고 단지 공범자들만 있을 뿐이지요. 대신 그 수는 부쩍 늘었습니다만. 바로 인류 전체가 공범이니까요. 그리고 이 인류 속에는 첫번째로 당신이 있고요. 곁에 있는 사람이 항상 제일 먼저인 법이니까요. 내게 친구가 없다는 걸 어떻게 아느냐고요? 그야 간단하지요. 언젠가 친구들을 곯려줄 심산으로, 말하자면 그들을 벌하려고 자살을 생각한 적이 있었는데, 그날 알게 되었습니다. 하지만 대체 누구를 벌할 수 있단 말입니까? 깜짝 놀라는 이들도 더러 있었겠지만 자기가 벌을 받았다고 느낀 사람은 아무도 없었을 겁니다. 그래서 내게 친구가 없다는 걸 깨달았지요. 게다가, 설령 친구가 있었다 해도 그 계획을 계속 밀어붙이진 않았을 겁니다. 혹 자살한 뒤에도 이들의 얼굴을 볼 수 있다면야, 뭐 그런 장난을 한번쯤 해볼 만도 하겠지요. 하지만 선생님, 땅속은 캄캄하고, 관은 두껍고, 수의에는 빛이 들지 않으니까요. 물론, 영혼의 눈으로는 볼 수 있을 겁니다. 영혼이라는 게 있고, 이것이 눈을 갖고 있다면 말입니다! 하지만 확신할 수가 있어야지요. 그럼요, 결코 확신할 수 없지요. 만약 이것이 확실하다면, 어떤 결말이 있을 테고 마침내 진정한 대접을 받을 수도 있을 겁니다. 사람들은 결국 당신이 죽어야만, 당신의 이런저런 이유와 진실성, 그리고 당신이 겪는 고통의 깊이를 제대로 알아주는 법이니까요. 그러나 살아 있는 한, 당신의 입장은 모호해서 그들의 의심을 받기에 좋을 뿐입니다. 죽은 뒤에 그 광경을 즐길 수 있는 확신만 있다면 그들이 믿으려 하지 않는 것을 보란 듯 입증해서 깜짝 놀라게 해줄 만도 하지요. 하나 죽어버리고 나면 그들이 당신을 믿든 말든 무슨 소용이겠습니까? 이미 그 자리에 없으니 그들의 놀람이나 참회를—이마저도 곧 사라질 테지만—거둘 수 없는 거지요. 요컨대, 누구나 꿈꾸는 일이지만 자신의 장례식에는 참석할 수 없다는 말입니다. 모호한 상태를 그치려면 아주 깨끗이, 존재하기를 그만두는 수밖엔 없습니다.

차라리 그편이 더 낫지 않을까요? 안 그러면 그들의 무관심 때문에 너무도 괴로울 겁니다. 어떤 딸이, 지나치게 몸단장을 한 애인과의 결혼을 반대하는 아버지에게 이렇게 말했습니다. "두고 보세요, 톡톡히 댓가를 치르게 될 테니!" 그러고는 자살을 해버렸지요. 그러나 이 아버지는 아무 댓가도 치르지 않았습니다. 그는 낚시 애호가였던 터라 삼주가 지나자 다시 강으로 나갔습니다. 그의 말로는 잊어버리기 위한 것이라고 했지요. 이 예측은 적중했습니다. 그는 정말 잊어버렸거든요. 하긴 오히려 잊지 않았다면 더 놀라웠을 겁니다. 사람들은 제 아내를 벌하기 위해 죽는다고 생각하지만 실은 그녀에게 자유를 주는 겁니다. 이런 것은 차라리 안 보는 게 낫습니다. 그들이 당신의 행동에 이런저런 이유를 갖다붙이는 걸 듣게 될 것이 뻔하니까요. 내 경우를 상상해보니, 벌써부터 그들의 말이 들리는 것 같습니다. "그 친구가 자살한 건…… 견디지 못했기 때문이야." 아! 선생님, 다들 왜 이렇게 창의력이 없는지! 사람이 꼭 한가지 이유로만 자살한다고 생각한다니까요. 두가지 이유로도 얼마든지 자살할 수 있는 것 아니겠어요? 한데 저들의 머릿속엔 이런 생각이 도무지 들어가질 않는 겁니다. 그러니 자진해서 죽어본들 무슨 소용이겠습니까? 남들이 나에 관해 가져주었으면 하는 생각을 위해 제 몸을 바쳐본들 무슨 소용이냔 말입니다. 당신이 죽고 나면, 그들은 이를 빌미로 당신의 행동에다 어처구니없는 이유나 저속한 동기들을 갖다붙일 겁니다. 선생님, 자고로 순교자란, 잊히든가, 조롱거리가 되든가, 아니면 이용당하든가, 이 가운데 하나를 선택해야 합니다. 이해되는 경우요? 절대로 없지요.

그리고 단도직입적으로 말해, 나는 삶을 사랑합니다. 이것이 바로 진정한 내 약점이지요. 삶이 아닌 것에 대해서는 어떤 상상도 할 수 없을 만큼 삶에 대한 애착이 강하니까요. 이 같은 탐욕은 왠지 좀 상스러운 것 같지 않습니까? 귀족이란 저 자신이나 자신의 삶에 관해, 늘 얼마쯤 거리를 두고 생각하는 부류이지요. 필요하다면 죽음도 불사하고, 굽히느니 차라리 꺾여버리고 말거든요. 그러나 나는 굽힙니다. 나 자신에 대한 사랑을 그만두지 못하기 때문이지요. 자, 지금껏 내가 말한 모든 일들 이후에, 과연 내게 어떤 일이 일어났을 것 같습니까? 나 자신에 대한 혐오? 천만에요, 오히려 다른 사람들을 혐오하게 되었지요. 물론, 내 과실들을 깨닫고 이를 후회하고 있었지만, 그럼에도 불구하고 가상하리만치 끈질기게 이것들을 잊어버렸습니다. 반면, 마음속에 다른 사람들에 대한 비난이 줄기차게 일었습니다. 당연히, 귀에 거슬리시지요? 당신이 듣기엔 논리적이지 않은 말처럼 들릴 겁니다. 그러나 문제는 논리적이어야 한다는 것이 아닙니다. 진짜 문제는 슬쩍 넘어가버린다는 것이지요. 네, 그렇습니다, 무엇보다 심판을 회피하는 것이 문제입니다. 처벌을 피한다는 말이 아닙니다. 심판 없는 처벌은 견딜 만하니까요. 게다가 이것은 우리의 무죄를 보증해주는 이름을 갖고 있습니다. 바로 불운이지요. 따라서 문제는 심판을 가로막는 것, 항상 심판받기를 회피하는 것, 그리하여 결코 형이 선고되지 않도록 하는 것입니다.

하나 심판을 막는 것은 그리 쉬운 일이 아닙니다. 심판에 관한 일이라면, 오늘날 우리는 섹스에 관한 일처럼 언제든 할 준비가 되어 있으니까요. 다만 섹스와 다른 점이 있다면 심판은 정력이 감퇴될 우려가 없다는 것이지요. 이것이 의심스럽다면, 자비로운 우리 동포들이 8월 한달간 권태를 날려버리기 위해 찾아드는 이런 휴양지에서, 호텔 식탁에 둘러앉아 주고받는 화제에 귀를 기울여보십시오. 그런데도 여전히 선뜻 결론이 나질 않는다면 우리 시대 위인들의 글을 읽어보든가, 그도 아니면 당신 자신의 가족들을 살펴봐도 됩니다. 아마 단번에 의심이 사라져버릴 겁니다. 선생님, 아무리 사소한 것이라도 그들에게 우리를 심판할 구실을 절대 주어선 안됩니다! 조금이라도 여지를 주었다간 바로 갈기갈기 찢기고 말 테니까요. 우리에겐 맹수를 길들이는 조련사 못지않은 조심성이 필요합니다. 조련사가 우리 안에 들어가기도 전에 면도날에 베이는 불상사가 생긴다면 맹수들에겐 얼마나 신나는 식사거리가 되겠습니까! 어쩌면 내가 그리 훌륭한 인간이 아닐지도 모른다는 의심이 싹트던 날, 나는 단번에 이것을 깨달았습니다. 그때부터 불신이 자리 잡게 되었지요. 벌써 피를 조금 흘렸으니, 완전히 피투성이가 될지도 모른다고 생각했던 겁니다. 그들이 곧 나를 잡아먹을 것만 같았거든요.

내 동시대인들과의 관계는 겉으로는 변함이 없어 보였지만 미묘하게 어긋나 있었습니다. 친구들은 변한 게 하나도 없었습니다. 이들은 기회가 될 때마다 나와 함께 있으면 마음이 잘 맞고 안심이 된다며 변함없이 칭찬을 늘어놓았지요. 그러나 정작 나는 마음에 가득 찬 불협화음과 혼란밖에 느낄 수 없어 쉽게 상처받았고, 꼭 대중의 비난에 팔아넘겨진 듯한 기분이었습니다. 내 동류들이 지금까지 죽 그랬던 것처럼, 더는 내 앞에서 경의를 표하는 공손한 청중이 아니었던 겁니다. 나를 중심으로 빙 둘려 있던 원은 부서지고 그들은 법정에서처럼 일렬로 자리를 잡았습니다. 내 안에 심판받아야 할 무엇이 있진 않을까 하는 두려움이 싹튼 순간부터, 그들에겐 확실히 억제할 수 없는 심판의 기질이 있다는 걸 깨달았습니다. 그렇습니다. 그들은 전처럼 그 자리에 있었지만 이제는 웃고 있었습니다. 아니, 정확히 말하면, 만나는 사람마다 음흉한 미소를 띠고 나를 바라보는 것 같았지요. 심지어 그 무렵엔 누군가 내 다리를 걸어 넘어뜨리려는 듯한 느낌마저 들었습니다. 실제로, 공공장소에 들어가다 두서너번 이유없이 발부리에 걸려 넘어진 적도 있었고요. 한번은 벌렁 나자빠지기까지 했다니까요. 데까르뜨를 신봉하는 프랑스인답게 나는 재빨리 정신을 가다듬고, 이 생각을 유일하게 합리적인 신神인, 우연의 탓으로 돌려버렸습니다. 어쨌거나 경계심은 남게 되었지만요.

이렇듯 깨어 있다보니, 내게 적들이 있음을 어렵잖게 알아차릴 수 있었습니다. 우선, 직업상 적들이 있었고 다음으로 교제관계에서도 적들이 있었습니다. 이 중에는 내게 은혜를 입은 사람들도 있었고 또 내가 마땅히 은혜를 갚아야 할 사람들도 있었지요. 결국 이 모든 것은 당연한 결과였으므로 이것을 알고 나서도 그다지 괴롭지는 않았습니다. 반대로, 내가 거의 알지 못하거나 전혀 모르는 사람들 중에도 적이 있다는 사실을 인정하는 것은 훨씬 더 힘들고 괴로웠습니다. 이미 몇가지 증거를 내보여서 아시겠지만, 순진하게도 나는 나를 잘 모르는 사람들도 나와 자주 어울리다보면 결국 나를 좋아할 수밖에 없을 거라고 늘 생각해왔습니다. 그런데 천만에요! 오히려 나를 아주 멀리서밖에 알지 못하고, 나 또한 이들을 알지 못하는 그런 사람들이 유독 나에 대한 반감이 크다는 걸 알게 되었습니다. 아마 이들은 내가 완전한 자유와 행복을 만끽하며 살고 있다고 생각했던 모양입니다. 이들 입장에선 이것을 용서할 수 없었던 거지요. 성공이란 어떤 모습으로 드러나든, 남의 눈에 띄게 되면 얼간이라도 격분하게 만드니까요. 게다가 내 일정이 꽉 차서 터질 지경이라 시간이 없었으므로 나와 친분을 쌓으려고 접근해오는 수많은 제안들을 거절하곤 했습니다. 그리고 같은 이유로, 거절했다는 사실마저 잊어버렸습니다. 그러나 이런 제안을 해온 쪽은 시간적인 여유가 있는 사람들이었으므로, 똑같은 이유로 내 거절을 기억하고 있었던 겁니다.

한가지 예만 봐도 알 수 있는데, 여자들은 결국 내게 비싼 값을 치르게 했습니다. 내가 여자들한테 할애한 시간은 남자들에겐 결코 줄 수 없는 것이었습니다. 그런데 남자들은 이것을 결코 너그럽게 봐주질 않았지요. 이 난관을 어떻게 벗어날 수 있을까요? 자신의 행복과 성공을 아낌없이 나눠주면 됩니다. 그러지 않는 한 사람들은 이를 용납하지 않을 겁니다. 그러나 자신이 행복해지려면 지나치게 남을 걱정해서는 안됩니다. 이렇게 되면 출구가 다 막혀 빠져나갈 구멍이 없게 되지요. 결국 행복해지고 심판을 달게 받느냐, 아니면 용서받고 비참하게 사느냐의 문제만 남게 됩니다. 내 경우는 훨씬 더 부당했습니다. 이전의 행복 때문에 단죄되었으니까요. 사방에서 쏟아지는 심판과 독설과 조롱 들이 내 위에 쌓여가고 있었음에도 불구하고, 나는 오랫동안 아무것도 모른 채 멍하니 웃으며 만사가 잘 풀리고 있다는 환상에 젖어 살았습니다. 내가 경계심을 갖게 된 날부터, 정신이 번쩍 들고 진상이 명확히 드러났습니다. 나는 온갖 상처를 한꺼번에 받았고 단번에 힘을 잃고 말았습니다. 그러자 온 세상이 나를 에워싸고 웃어대기 시작했습니다.

이것이야말로 어떤 인간도 (삶을 누리지 않는 사람들, 가령 현자들이 아닌 한) 견딜 수 없는 일입니다. 이에 대한 유일한 대응책은 고약하게 구는 것뿐이지요. 그러면 다들 자기가 심판받지 않으려고 서둘러 남을 심판해대거든요. 어쩌겠습니까? 인간이 품는 가장 자연스러운 생각, 마치 저 본성의 밑바닥에서 솟아오르듯 저절로 드는 생각은 바로 자신에게는 죄가 없다는 생각인 것을. 이런 관점에서, 우리는 모두 그 한심한 프랑스인과 다를 바가 없습니다. 그는 부헨발트[18] 수용소에서, 자신의 도착을 기록하고 있던 서기에게—이 서기도 죄수였지요—이의신청을 꼭 해야겠다며 바득바득 우겼습니다. 뭐, 이의신청이라고? 서기와 그의 동료들이 웃었습니다. "부질없는 짓이야. 이봐, 여긴 이의신청이란 게 없는 곳이야." 그러자 그 프랑스인이 말했지요. "하지만 선생님, 내 경우는 예외라고요. 맹세코 결백하다니까요!"

우리는 모두 예외적인 경우입니다. 하나같이 뭔가를 호소하고 싶어하지요! 설령 이를 위해 인류와 하늘을 고발하는 한이 있더라도 기필코 자신의 결백을 주장하려 듭니다. 어떤 사람한테 부단히 노력한 덕분에 현명하거나 너그러워졌다고 칭찬하면 별로 기뻐하지 않을 겁니다. 그러나 반대로 그의 타고난 관대함을 칭찬한다면 금세 얼굴이 환해질 겁니다. 다시 역으로, 만약 어떤 죄인에게 그의 잘못이 천성이나 성격 탓이 아니라 불우한 환경 탓이라고 말하면 격하게 고마워할 겁니다. 그리고 변론 도중에 바로 이 대목에서 눈물을 흘리기로 작정하겠지요. 그러나 날 때부터 정직하다거나 현명한 것은 자랑할 만한 공적이 아닙니다. 타고난 죄인이 환경으로 인한 죄인보다 책임이 더 무거운 것은 아닌 것처럼 말입니다. 그런데 이 교활한 자들은 감히 특사特赦를, 다시 말해 면책을 바라고 파렴치하게 천성의 정당성을 주장하거나, 모순되는데도 불구하고 환

---

18 독일 바이마르 북서쪽에 위치했던 나치의 최초이자 최대 집단수용소.

경적인 구실을 내세워 항변을 해대는 겁니다. 요점인즉, 자신은 결백하다는 것, 자신의 덕성은 타고난 천성이므로 의심받을 수 없다는 것, 자신의 잘못은 어쩌다 지나가는 불행에서 기인한 것으로 그저 일시적인 것에 불과하다는 것이지요. 앞서 말씀드렸듯, 문제는 심판을 가로막는 것입니다. 한데 심판을 막는 것은 어려운 일이고, 제 본성을 찬양하는 동시에 변명하는 것은 몹시 낯 뜨거운 일인지라 다들 부자가 되려고 하는 거지요. 왜 그럴까요? 왜 그런지 생각해보신 적이 있습니까? 당연히, 권력 때문이지요. 그러나 무엇보다 부富란, 코앞에 닥친 심판을 면하게 하고, 지하철의 군중 속에서 끌어내 니켈로 도금한 자동차 안에 넣어주고, 경비가 삼엄한 널따란 정원이나 침대차나 특등실에 혼자 있도록 해주기 때문입니다. 선생님, 재력이란 말이지요, 무죄방면까지는 아니더라도 집행유예쯤은 되는 겁니다. 그러니, 어쨌든 손에 쥐고 볼 일이지요……

특히 친구들이 솔직하게 말해달라고 할 때, 이 말을 곧이곧대로 믿지 마십시오. 이들은 단지 자신들이 갖고 있는 자기 자신에 대한 좋은 평가를 당신이 보증해주기를 바라는 것뿐입니다. 이 평가에다 당신의 진술한 약속을 통해 끌어낸 확신을 덧붙임으로써 이를 더욱 확고히 하려는 것이지요. 솔직함이란 게 어떻게 우정의 조건이 될 수 있겠습니까? 한사코 진실을 요구하는 것은 그 어떤 것도 용서하지 않고, 어떤 반박도 허용하지 않으려는 일종의 강한 집착입니다. 이것은 악습으로, 때로는 편리하지만 이기주의가 될 수도 있지요. 그러니 혹 이런 경우에 처하게 된다면 절대 망설이지 마십시오. 진실을 말하겠노라 약속해놓고 되는대로 거짓을 늘어놓으면 되니까요. 이로써 이들의 깊은 욕망에 부응하는 동시에 당신의 우정을 곱절로 증명하게 되는 겁니다.

이것은 어쩔 수 없는 사실입니다. 그래서 우리는 자신보다 나은 사람들에게 속내를 털어놓는 경우가 극히 드물지요. 이들에게 말하느니 차라리 교제를 피해버릴 겁니다. 이와 반대로, 우리와 비슷해서 우리와 같은 약점을 지닌 사람들에게 속을 털어놓게 됩니다. 결국 제 행실을 바로잡고 싶지도 않고, 더 나아지고 싶지도 않은 거지요. 그러자면 먼저 자기한테 결함이 있다는 판결을 수용해야 할 테니까요. 우리는 다만 동정받기를 원하고 자신의 길 안에서 격려받고 싶은 것뿐입니다. 요컨대, 더는 죄인이고 싶지도 않거니와 깨끗해지려고 애쓰고 싶지도 않은 겁니다. 충분히 파렴치하지도 않고 충분히 덕스럽지도 않은 거지요. 우리에겐 선의 에너지도 악의 에너지도 없습니다. 단떼를 아십니까? 아, 그래요? 놀랍군요. 그럼 단떼가 신과 악마 사이의 논쟁에서 중립적인 천사의 존재를 인정하고 있다는 걸 아시겠군요. 그는 자신이 묘사한 지옥에서 일종의 관문關門이라 할 수 있는 림보[19]에다 이 천사들을 배치해두지요. 선생님, 우리는 지금 이 관문에 와 있는 겁니다.

인내심이오? 네, 당신 말이 옳을 겁니다. 우리에겐 최후의 심판을 기다리는 인내심이 필요할 겁니다. 그런데 말이지요, 다들 너무

---

19 지옥의 변방 즉, 천국과 지옥 사이의 장소로 세례를 받지 않은 어린아이나 예수 탄생 이전에 죽은 선한 영혼들이 머무는 곳이다.

조급합니다. 오죽 조급했으면 나 같은 사람은 속죄판사가 되었겠습니까. 그러나 나는 무엇보다 내가 발견한 것들을 어떻게든 처리하고, 동시대인들의 웃음에 관해서도 확실히 정리할 필요가 있었습니다. 나를 부르는 소리를 들었던—정말로 나를 부른 것이었으니까요—그날 저녁 이후, 나는 응답을 하든가 아니면 최소한 그 응답을 찾아내야만 했단 말이지요. 이것은 결코 쉬운 일이 아니었습니다. 나는 오랫동안 방황했습니다. 무엇보다 사라지지 않는 웃음소리와 웃는 사람들은 내 속을 더 또렷이 들여다보도록 해주었고, 마침내 내가 솔직하지 않다는 걸 깨닫게 해주었습니다. 웃지 마십시오. 이 진실은 말처럼 그렇게 단순한 것이 아니니까요. 단순한 진리란 다른 모든 진리들 뒤에 발견되는 진리를 말하는 겁니다. 그럼 더 말할 필요가 없겠지요.

어쨌든, 나 자신에 대한 오랜 탐구 끝에 나는 인간의 본질적인 이중성을 밝혀냈습니다. 그리고 그때 기억을 부단히 파헤친 덕분에 깨달았습니다. 내 겸손은 남의 이목을 끄는 데 도움이 되었고, 겸허는 남을 이기는 데, 미덕은 남을 압박하는 데 도움이 되었다는 걸 말입니다. 나는 평화적인 방법으로 싸움을 했고, 마침내 무관심이라는 무기를 동원해 탐했던 모든 것들을 얻어냈던 겁니다. 예를 들어, 사람들이 내 생일을 잊어버려도 나는 절대 불평하지 않았습니다. 무덤덤한 내 태도를 보고 다들 감탄을 내비치며 놀라기까지 했지요. 그러나 내 무관심의 이유는 더 은밀한 데 있었습니다. 나 스스로 이런 신세를 한탄할 수 있도록 오히려 남들이 이것을 잊어주기를 바랐던 거지요. 내가 너무도 잘 알고 있는 이 영광스러운 날이 되기 며칠 전부터, 이것을 잊어주었으면 좋겠다 싶은 사람들의 주의나 기억을 일깨우지 않으려고 어떤 낌새도 내비치지 않도록 조심하며 몰래 이들의 동정을 살피곤 했습니다. (한번은 아예 집 안의 달력을 고쳐버릴까 하는 생각까지 했다니까요!) 내 고독이 확연해지면 비로소 비장한 슬픔의 매력에 푹 빠져들 수 있었습니다.

이처럼 내 모든 미덕의 얼굴은 별로 떳떳하지 못한 이면이 있었습니다. 다른 관점에서 보면, 사실 이 결점들은 오히려 내게 득이 되었지요. 가령 내 생활의 불미스러운 부분을 감춰야 한다는 일념으로 냉담한 태도를 취하곤 했는데 사람들은 이것을 덕스러운 태도와 혼동했습니다. 내 무관심은 도리어 호감을 불러오고 이기심은 후한 아량으로까지 높이 받들어졌습니다. 이쯤에서 그만하지요. 이 같은 대비를 지나치게 늘어놓으면 오히려 내 논증이 약화될 수도 있으니까요. 한데 말입니다, 그토록 빡빡하게 굴었어도 술과 여자를 제의하는 데는 도저히 당해낼 재간이 없더군요! 나는 적극적이요, 정력적인 사람으로 정평이 났으며 내 왕국은 침대였습니다. 나는 충실함을 장담했으나 결국 내가 사랑했던 이들을 배신해버리고 말았지요. 그러지 않은 사람은 아마 단 한명도 없을 겁니다. 물론 이 배신은 내 사랑을 가로막지 않았고, 무감각한 덕분에 산더미 같은 일도 쉽게 해치워버렸습니다. 또한 이웃을 돕는 일도 결코 그만두지 않았는데 이를 통해 쾌감을 얻을 수 있었기 때문이지요.

하지만 이처럼 명백한 일들을 계속 실천해봐도 아무 소용이 없었습니다. 여기서는 단지 피상적인 위로밖엔 얻어낼 수 없었으니까요. 때로는 아침나절에, 담당 사건을 철저히 심리審理한 뒤, 내가 특히 남을 멸시하는 데 탁월한 사람이라는 결론에 이르곤 했습니다. 그러고 보니 내가 가장 자주 도와주었던 사람들이 바로 나로부터 가장 멸시받는 이들이었습니다. 아주 정중하게, 지극히 감동적인 연대감을 내보이며, 나는 매일 모든 맹인의 얼굴에 침을 뱉어댔던 겁니다.

솔직히, 여기에 변명이란 게 있을 수 있을까요? 하나가 있긴 한데 너무 옹색한 것이라 변명이랍시고 내세우고 싶진 않습니다만 아무튼, 이런 겁니다. 나는 인간사가 진지한 일이라는 것을 한번도 진심으로 믿어본 적이 없었습니다. 진지함이란 것이 내 눈에 보이는 모든 것 속에 있지 않다면 대체 어디에 있다는 건지, 도무지 이해할 수가 없었지요. 진지함이란 내게 그저 한차례 즐거운, 아니면 귀찮은 유희로밖에 생각되지 않았습니다. 물론 내가 결코 이해하지 못한 노력이나 헌신 들이 있다는 건 인정합니다. 그럼에도 불구하고 돈을 위해 죽는다거나, '지위'를 잃어서 절망한다거나, 가족의 행복을 위해 으스대며 자신을 희생하는 별종들을, 나는 항상 놀랍고 다소 미심쩍은 얼굴로 바라보곤 했지요. 오히려 담배를 피우지 않겠다고 호언한 뒤 결연한 의지로 성공한 한 친구의 행동에 더 공감이 갔습니다. 어느날 아침, 그는 신문을 펴고 최초의 수소폭탄이 터졌다는 기사를 읽어내려가던 중, 이 폭탄의 경이로운 효력을 알고는 조금도 망설임 없이 담배가게로 들어가버렸지 뭡니까.

아마, 때로는 나도 삶을 진지하게 받아들이는 척했을 겁니다. 그러나 곧 이런 진지함 자체가 우습다는 생각이 들어, 되도록이면 교묘하게 내 역할을 연출해나갔을 뿐입니다. 내 역할은 이런 것들이었지요. 유능하고, 현명하고, 덕스럽고, 시민의 의무를 다하고, 분개하고, 너그럽고, 연대심을 갖고, 남을 교화하고…… 아, 그만하도록 하지요. 이미 감을 잡았겠지만, 요컨대 나는 저기 살고 있으면서도 저기에 있지 않은 네덜란드인들 같았던 겁니다. 즉, 내가 가장 많은 자리를 차지하고 있던 순간에 나라는 인물은 존재하지 않았던 거지요. 내가 진실로 충실하고 열정적이었던 때는 단지 스포츠를 할 때와 군대에서 재미삼아 상연했던 연극에 출연했을 때뿐이었습니다. 이 두가지에는 놀이규칙이 있었는데, 진지하지 않은 것을 진지한 것으로 여기고 즐긴다는 것이었지요. 입추의 여지 없이 꽉 들어찬 관중석에서 일요일 경기를 관람할 수 있었던 주 경기장과 더없이 열광적으로 좋아했던 극장은 지금도 내가 죄의식을 느끼지 않는, 세상에서 유일한 장소들입니다.

그러나 사랑이나 죽음, 가난한 자들의 임금과 같은 진지한 문제를 다룰 때, 과연 누가 이런 태도를 정당하다고 인정하겠습니까? 그래도 별수없지요. 어쩌겠습니까? 내 경우, 소설이나 연극무대가 아니면 이졸데의 사랑 같은 건 상상하지도 않았는걸요. 때로는 임종을 맞은 사람들이 제 역할에 깊이 몰입되어 있는 것처럼 보였고, 내 말에 응수하는 가난한 고객들의 대사는 늘 판에 박힌 줄거리처럼 들렸습니다. 이렇듯 사람들 가운데 살면서도 이들과 이해관계를 나눌 수 없다보니, 결국 내가 한 약속을 믿지 못하게 되었습니다. 사람들이 내 직업이나 가정 혹은 시민 생활에서 기대하고 있는 것에는 늘 정중하고 무심한 태도로 흡족하게 부응해주었으나, 그때마다 왠지 건성인 듯한 느낌이 들어서 모든 것이 허망해지곤 했습니다. 나는 전생애를 이중적인 모습으로 살았고, 내가 했던 가장 진지한 행동들은 대개 책임이 가장 덜한 것들이었습니다. 결국, 이것이 내 어리석음에 더해져 나 자신을 용서할 수 없게 되었고, 내 마음과 내 주위에서 일기 시작한 심판에 맞서 맹렬히 반항하게 되고, 급기야 어떤 출구를 찾을 수밖에 없었던 것은 바로 이것 때문이 아니었을까요?

얼마 동안, 내 삶은 겉으로는 전혀 변한 게 없는 것처럼 지속되었습니다. 나는 궤도 위에 올라 있었고 그대로 굴러가고 있었으니까요. 이에 걸맞게 주위에선 더 많은 찬사가 쏟아졌지요. 바로 이것이 화근이었습니다. "모든 사람이 당신을 칭찬할 때 화가 있으리라!"[20]라는 말을 기억하십니까? 그야말로 명언이지요! 바로 나에게 화가 닥친 겁니다! 기계가 변덕을 부리기 시작했고 까닭없이 멈춰버리곤 했지요.

내 일상에 느닷없이 죽음에 대한 생각이 들이닥친 것은 바로 이때였습니다. 내 종말이 앞으로 몇해나 남았을까 헤아려보기도 하

---

20 신약성서 「누가복음」 6장 26절을 인용한 것이다.

고, 나와 같은 연배로 이미 죽은 사람들의 예를 찾아보기도 했지요. 그리고 내 임무를 완수할 시간이 없을 거라는 생각이 들자 몹시 괴로웠습니다. 어떤 임무였냐고요? 그건 나도 알 수 없지요. 솔직히, 내가 하던 일이 과연 계속할 만한 가치가 있었을까요? 한데 문제는 이것만이 아니었습니다. 실제로 나는 터무니없는 두려움에 사로잡혀 있었습니다. 내 거짓을 모조리 고백하기 전에는 죽을 수 없다는 생각이었지요. 그 대상은 신도, 그의 대리인 중 하나도 아니었습니다. 이미 짐작하시겠지만, 나는 이런 것에는 초연한 사람이었으니까요. 그런 게 아니라, 사람들에게, 이를테면 친구나 사랑하는 여자에게 고백해야 한다는 것이었습니다. 안 그러면 평생 숨겨둔 거짓이 단 하나뿐일지라도 죽음은 이것을 결정적으로 만들어버릴 테니까요. 진실을 아는 유일한 사람이 제 비밀을 깔고 잠들어 있는 고인뿐이므로, 어느 누구도 이 점에 관해 더는 진실을 알지 못할 겁니다. 이처럼 어떤 진실이 완전히 말살될 것을 생각하니 아찔한 현기증이 일었습니다. 여담입니다만, 지금 같았으면 오히려 미묘한 쾌감을 느꼈을 겁니다. 가령, 모두가 찾고 있는 비밀을 나 혼자만 알고 있다거나, 세 경찰관이 백방으로 뛰어다녔으나 허탕치고 말았던 물건을 내 집에 두고 있다는 것은 생각만 해도 짜릿한 일이니까요. 이제 이 이야기는 그만하지요. 아무튼 당시엔 그 비결을 알지 못해 어지간히 속을 끓였습니다.

물론, 나는 떨치고 일어났습니다. 세대에서 세대로 이어지는 오랜 역사 속에서 한 인간의 거짓이 뭐 그리 대수겠습니까? 바닷속의 소금 알갱이처럼 무수한 세월의 대양 속에 녹아 사라져버린 하찮은 배신행위 하나를 진실의 빛 가운데로 끌어내려는 것이 얼마나 교만한 발상이란 말입니까! 또 지금껏 보아온 죽음들로 보건대, 육체의 죽음이란 그 자체로 충분한 형벌이며, 이로써 모든 죄가 사해진다고 나는 생각하고 있었습니다. 인간은 단말마의 고통을 통해 제 구원을 (다시 말해, 결정적으로 사라질 수 있는 권리를) 얻는 것이라고 말이지요. 그럼에도 불구하고 이 불안은 커져만 갔고 죽음은 내 머리맡을 충실히 지켰습니다. 나는 죽음과 더불어 깨어났고 쏟아지는 찬사는 나를 점점 궁지로 몰아갔습니다. 이 찬사들과 함께 거짓이 너무 엄청나게 불어나 더는 손을 써볼 수도 없을 것 같았습니다.

마침내, 도저히 참을 수 없는 날이 오고야 말았습니다. 나의 첫 반응은 무절제였습니다. '어차피 거짓말쟁이인 이상, 이것을 당당히 드러내고 그 멍청한 자들이 알아채기 전에 저들의 낯짝에다 내 이중성을 집어던져주리라.' '진실을 내보이라 들쑤시면, 좋다, 당당히 응해주리라.' 결국 비웃음을 막기 위해 선수를 쳐서 만인의 조롱 속에 나 자신을 내던지려고 생각했던 거지요. 문제는 여전히 심판을 막으려는 것이었습니다. 비웃는 자들을 내 편으로 삼든가, 아니면 적어도 그들과 한편이 되려고 했으니까요. 가령, 길에서 맹인들을 밀어뜨릴 생각을 했을 때, 마음속에 예상치 못한 음흉한 기쁨이 이는 걸 보고 내 영혼의 일부가 이들을 얼마나 혐오했는지를 깨달았습니다. 또 장애인들의 휠체어 타이어에 구멍을 낸다거나,

노동자들이 작업 중인 비계飛階 아래로 가서 "이 더러운 놈들아!"라고 소리를 지른다거나, 지하철에서 갓난애의 뺨을 때리는 일 따위를 구상하기도 했습니다. 그러나 이 모든 것은 머릿속으로 상상만 했을 뿐 정작 실행한 것은 하나도 없었습니다. 아니, 설령 이와 비슷한 뭔가를 했을지라도 그게 무엇이었는지는 잊어버렸습니다. 아무튼, 정의라는 말만 들어도 이상하게 맹렬한 분노가 솟구치곤 했습니다. 변론에서는 불가피하게 이 말을 계속 사용할 수밖에 없었지만 이 말을 가지고 공공연하게 인애人愛 정신을 모독함으로써 내 나름의 앙갚음을 했지요. 또 억압받는 자들이 선량한 사람들에게 가하는 압박을 고발하는 성명서의 발표를 예고하기도 했고요. 어느날 식당 테라스에서 바닷가재 요리를 먹고 있는데, 거지 하나가 계속 귀찮게 굴기에 그를 쫓아버리려고 주인을 불렀습니다. 그리고 이 심판자의 말에 큰 갈채를 보냈지요. 그는 이렇게 호통쳤습니다. "사람이 염치가 있어야지, 이분들 입장에서 한번 생각해봐, 이거야 원!" 여기에 덧붙여, 나는 사람들에게 들으라는 듯, 몹시 기이한 성격의 소유자였던 러시아 지주처럼 하지 못한 게 유감이라고 말했습니다. 이 지주는 자신에게 인사를 한 농부들과 인사를 하지 않는 농부들을 똑같이 매질하게 했습니다. 양쪽 다 뻔뻔하고 무례하기 짝이 없으니 이를 벌해야 한다는 것이었지요.

이보다 더 어처구니없는 경우도 기억나는군요. 나는 「경찰에 바치는 시」와 「단두대 예찬」을 쓰기 시작했고, 특히 직업적 휴머니스트들이 모이는 전문 까페를 정기적으로 방문하기로 작정했습니다.

화려한 경력 덕분에 당연히 대환영을 받았지요. 나는 여기서 아주 천연덕스럽게 상스러운 말들을 내뱉곤 했습니다. "하느님은 참 고맙기도 하시지!"라든가, 더 간단히 "하느님 맙소사……"라고 말입니다. 선술집에 드나드는 무신론자들이 얼마나 소심한 신자들인지 당신도 잘 아실 겁니다. 이처럼 터무니없는 말이 떨어지면, 순간 화들짝 놀라고 어이가 없다는 듯 서로 쳐다보지요. 이어 술렁술렁 소란해지면서 어떤 자들은 술집 밖으로 뛰쳐나가고, 또 어떤 자들은 아무 말도 듣지 않고 분개해서 제각기 떠들어댔습니다. 하나같이 성수의 물벼락을 맞은 악마들처럼 부들부들 몸을 떨어댔지요.

당신은 이런 짓을 유치하다고 생각할 테지만 이런 장난에는 보다 진지한 이유가 있었는지도 모릅니다. 나는 그 연극판을 뒤엎어버리고 싶었습니다. 그렇습니다, 특히 생각만 해도 분노가 치미는 겉만 번지르르한 내 평판을 부숴버리고 싶었던 거지요. 사람들이 몹시 친절한 태도로 "당신 같은 사람은……"이라고 말할 때마다 나는 안색이 싹 변하곤 했습니다. 이들의 존경은 일반적인 것이 아니었으므로 더는 받고 싶지 않았던 겁니다. 당사자인 내가 공감할 수 없는데 어떻게 일반적일 수 있단 말입니까? 차라리 모든 판단과 경의를 한데 뭉쳐 비웃음의 외투로 덮어버리는 편이 더 나았습니다. 나를 옥죄고 있는 질식할 듯한 이 감정을 어떻게든 떨쳐버릴 필요가 있었으니까요. 내가 어디서나 내세웠던 근사한 마네킹, 이 마네킹의 배 속에 들어 있는 것을 만인의 눈앞에 드러내기 위해 나는 이 마네킹을 깨부수려 했던 겁니다. 일례로, 젊은 변호사 시보들 앞에서 했던 한 강연이 생각나는군요. 변호사회 회장이 나를 소개하면서 늘어놓는 터무니없는 찬사가 귀에 거슬려 도저히 참을 수가 없었습니다. 나는 격앙되고 감동 어린 어조로 강연을 시작했고, 이것은 사람들이 내게 기대하고 있던 것이라 이들의 요구에 전혀 어려움 없이 부응할 수 있었습니다. 그러다 갑자기 변호의 수단으로 혼합법을 권하기 시작했습니다. 즉, 도둑과 선량한 사람을 동시에 재판함으로써 도둑의 죄를 가지고 선량한 사람을 괴롭히는 현대적 취조술을 통해 완성된 혼합법이 아니라, 반대로 선량한 사람의—이 경우, 변호사라고 해두지요—범죄를 강조함으로써 도둑을 변호하는 방법이라고 나는 설명했습니다. 그리고 이에 대한 내 생각을 아주 명확히 피력했지요.

"가령, 내가 질투 때문에 살인을 저지른 어떤 가엾은 시민의 변호를 맡았다고 칩시다. 나는 이렇게 말할 것입니다. 배심원 여러분, 자신의 타고난 선량함이 고약한 성적 본능에 의해 시험당하고 있는 걸 보고 분개했다면, 여기엔 용서받을 만한 여지가 있다는 점을 고려해주십시오. 이와 반대로, 일찍이 선량한 적도 없고 속아서 괴로워해본 적도 없이 법정 이쪽, 지금 내가 서 있는 이 자리에 있다는 것이 오히려 더 중한 죄 아닙니까? 나는 여러분의 엄정한 비판을 면한 자유로운 몸입니다. 그러나 과연 나는 어떤 사람일까요? 오만으로 말하면 태양시민이요, 음탕한 숫염소요, 분노할 때는 이집트의 파라오요, 나태의 왕입니다. 내가 아무도 죽이지 않았다고요? 확실히 아직은 아닙니다! 그러나 훌륭한 사람들이 죽도록 방치한 적은 없었을까요? 아마 있었을 겁니다. 또 앞으로도 그런 일을 되풀이할 생각이 있을 겁니다. 이에 반해, 저 사람을 좀 보십시오. 그는 결코 이런 일을 되풀이하지 않을 겁니다. 이토록 엄청난 결과가 빚어진 것에 놀라 아직도 얼이 빠져 있으니까요." 이 말에 내 젊은 동료들은 좀 당황스러워했지만 잠시 후 웃어버리고 말았습니다. 내가 결론에 이르러 인간다움과 여기에 전제되어 있는 권리에 관해 열변을 토하자 모두들 크게 안도하는 눈치였습니다. 이날은 습관의 힘이 훨씬 우세했던 겁니다.

이처럼 터무니없는 탈선을 되풀이해보았으나 단지 세간의 평을 다소 혼란시키는 데 성공했을 뿐 이것을 가라앉힐 수는 없었습니다. 무엇보다 나 자신의 감정을 진정할 수가 없었지요. 내 청중들이 대체로 보여주던 놀라움, 지금 당신이 보이는 반응과 아주 흡사한—아니요, 부인하지 마십시오—다소 꺼리는 듯한 거북스러움은 내 마음을 조금도 가라앉혀주질 못했습니다. 네, 그렇습니다, 죄의식을 떨쳐버리기 위해선 자신을 비난하는 것만으로는 충분치 않습니다. 만약 그렇다면 나는 벌써 순결한 어린양이 되었을걸요? 나는 어떤 식으로든 참회가 필요했습니다. 하나 내게 적합한 방법을 알아내기까지 오랜 시간이 걸렸고, 모든 것으로부터 완전히 버림받았을 때라야 비로소 이것을 발견했습니다. 그때까지 웃음소리는 계속 내 주위를 맴돌았고, 정신 나간 짓을 아무리 되풀이해봐도 이 웃음으로부터 애정에 가까운 호의적인 그 무엇, 나를 무던히도 괴롭혔던 이것을 도저히 제거할 수가 없었습니다.

아, 밀물이 들기 시작한 모양입니다. 우리 배도 곧 떠날 때가 되었군요. 날도 저물었고요. 보십시오, 저 위에 비둘기들이 모여들고 있습니다. 녀석들은 서로 몸을 맞대고 거의 움직이질 않고 있군요. 날도 어두워지고 있는데, 잠시 이야기를 멈추고 이 을씨년스러운 한때를 음미해볼까요? 아니라고요? 내 이야기를 듣는 쪽이 더 흥미롭다고요? 너무 솔직하시네요. 하긴, 이제부터 하려는 얘기가 정말 흥미로울지도 모르겠습니다. 속죄판사에 관해 설명하기 전에, 먼저 방탕과 고난실에 관해 말해둘 필요가 있겠군요.

천만에요, 그렇지 않습니다, 선생님. 배는 아주 빠른 속도로 달리고 있습니다. 다만 죄으더르제가 죽은 바다거나 거의 그와 비슷한 상태인 거지요. 질펀한 연안이 안개 속에 자취를 감춰버려 이곳은 어디가 시작이고 어디가 끝인지 알 수가 없습니다. 아무런 지표도 없이 달리고 있어서 속도를 가늠할 수 없는 겁니다. 분명 나아가고 있지만 도무지 변하는 게 없지요. 이것은 항해가 아니라 꿈입니다.

그리스의 에게 해에서는 이와 정반대되는 인상이었지요. 나아가는 동안 끊임없이 새로운 섬들이 수평선 위로 떠올랐거든요. 나무 한그루 없는 등성이들이 하늘의 경계를 그어주고 바위투성이 해변은 바다 위로 또렷이 드러나 있었습니다. 조금도 당혹스러울 게 없었지요. 선명한 빛 속에 모든 것이 지표였으니까요. 조그마한 배에 몸을 싣고 이 섬에서 저 섬으로 쉬지 않고 옮겨가노라면, 배는 끌리듯 서서히 나아가고 있는데도 마치 파도와 웃음으로 가득 찬 항로에서 밤낮으로 상쾌한 물마루를 타고 펄쩍펄쩍 뛰어가고 있는 듯한 기분이었습니다. 그때부터, 그리스 그 자체가 내 마음속 어딘가, 기억의 한 기슭에서 끊임없이 표류하고 있답니다. 지칠 줄도 모르고…… 이런! 나 역시 표류하고 있군요. 이렇게 감상에 젖어서야! 날 좀 붙잡아주십시오, 선생님.

그건 그렇고, 그리스에 가보신 적이 있습니까? 없다고요? 거참 다행이군요! 우리가 거기서 뭘 할 수 있겠습니까? 그야말로 마음이 순수한 사람들이나 갈 만한 데지요. 거기서는 남자친구들이 둘씩 손을 잡고 거리를 돌아다닌다는 걸 아십니까? 그럼요, 정말이고말고요. 여자들은 집에 남아 있고 콧수염을 근사하게 기른 점잖은 중년 남성들이 서로 손깍지를 끼고 근엄하게 보도를 활보하고 다닌다니까요. 동양에서도 가끔 그렇다고요? 좋습니다. 하지만 빠리 길거리에서 과연 당신은 내 손을 잡고 걸어다닐 수 있겠습니까? 아! 그냥 농담으로 해본 말입니다. 우리야 아주 점잖은 사람들이니까요. 덕지덕지 묻은 때로 치장하고 있긴 하지만요. 그리스의 섬들 앞에 모습을 내보이고 싶다면, 우리는 그전에 오래도록 몸을 씻어야 할 겁니다. 거기는 공기도 순수하고 바다와 향락도 선명하지요. 한데 우리는……

이 갑판의자에 좀 앉읍시다. 안개가 정말 대단하군요! 아까 고난실에 관해 얘기하려다 만 것 같은데, 맞습니까? 그렇군요, 이제 그 얘기를 하도록 하지요. 그토록 발버둥 치며 온갖 파렴치한 짓을 다 해보았지만 모든 노력이 허사였음을 알고 낙심한 끝에, 나는 인간 사회를 떠나기로 작정했습니다. 아니요, 천만에요, 무인도를 찾은 건 아닙니다. 그런 곳은 이제 없으니까요. 단지 여자들 곁으로 피신했을 뿐입니다. 아시다시피, 여자들은 어떤 약점도 대놓고 비난하진 않으니까요. 오히려 우리를 굴욕스럽게 하거나 무력화해버리곤 하지요. 바로 이런 이유로, 여자는 전사戰士에 대한 보상이 아니라 범죄자에 대한 보상이라고 할 수 있습니다. 여자는 범죄자의 항구요, 피난처인지라 그가 체포되는 곳은 대개 여자의 침대 속이지요. 지상낙원에서 우리에게 마지막으로 남은 것은 바로 여자 아니겠습니까? 어찌할 바를 모른 채 나는 이 천연의 피난처로 달려갔습니다. 그러나 전처럼 일장연설을 늘어놓지는 않았습니다. 늘 하던 버릇이 남아 여전히 연기를 좀 하긴 했지만 없는 사실을 꾸며내진 않았으니까요. 또 무슨 상스러운 말들이 튀어나올지 몰라 고백하기가 좀 망설여집니다만, 그 무렵, 나는 사랑에 잔뜩 굶주려 있던 것 같습니다. 좀 외설스럽지요? 어쨌든, 나를 더욱 공허하게 만드는 일종의 박탈감 같은 막연한 고통을 느꼈고, 이것 때문에 반은 어쩔 수 없이, 반은 호기심에 이끌려 몇몇 여자들과 관계하게 되었습니다. 사랑하고 싶고 또 사랑받고 싶었기 때문에 쉽게 사랑에 빠지나 보다 생각했지요. 달리 말하면, 짐승처럼 굴었던 겁니다.

그런데 문득, 이런 일에는 이골이 난 사내로서 그전까지 줄곧 피해왔던 질문을 나도 모르게 자주 입에 올리고 있음을 깨달았습니다. "날 사랑해?"라고 말하는 내 목소리를 듣곤 했던 거지요. 아시다시피, 이런 경우 상대는 으레 "당신은요?"라고 대답하게 마련이지요. 여기서 그렇다고 대답하면 내 진실한 감정을 넘어서는 것이고, 대답하게 아니라고 하면 더는 사랑받지 못하게 될까봐 무척 고민스러웠습니다. 내가 휴식을 얻고자 했던 감정이 이렇듯 위태로워지자 나는 상대에게 더욱 강하게 이것을 요구하게 되었습니다. 점점 더 명시적인 약속을 하게 되었고, 내 마음에게는 점점 더 대범한 감정을 요구하기에 이르렀습니다. 이렇게 해서 예쁘장하게 생긴 한 얼빠진 여자한테 허황된 열정을 품게 되었는데, 그녀는 도색잡지 애독자였던지라 계급 없는 사회를 예언하는 인텔리 못지않은 확신과 신념을 가지고 사랑을 논하곤 했습니다. 잘 아시다시피, 이런 신념은 사람의 마음을 사로잡는 힘이 있지요. 나도 한번 사랑에 관해 논해보려고 말을 꺼냈다가 결국 나 자신이 설복당하고 말았습니다. 적어도 그녀가 내 정부情婦가 될 때까지는 그랬습니다. 그때서야, 도색잡지가 사랑을 말하는 법은 가르쳐주지만 이것을 행하는 법은 가르쳐주지 않는다는 것을 깨닫게 되었지요. 이렇듯 앵무새와 사랑하고 난 뒤 이제는 뱀과 동침해야 했습니다. 책들이 약속한 사랑, 내가 살면서 한번도 만나지 못했던 사랑을 다른 데서 찾으려고 했던 거지요.

그러나 훈련이 부족했습니다. 삼십년 이상을 오직 나 자신만을 사랑해왔으니 몸에 밴 습관이 하루아침에 버려지길 어떻게 바라겠습니까? 나는 이 습관을 조금도 버리지 못했고 덧없는 애욕의 충실한 하수인으로 남아 있었습니다. 나는 사랑의 서약을 남발했습니다. 이전에 여러 여자들과 육체관계를 했듯 이번엔 동시에 몇몇 여자들과 연인관계를 약속했지요. 그래서 내가 정말 무관심했을 때보다 다른 이들에게 더 많은 불행을 안겨주게 되었습니다. 내 앵무새가 절망한 나머지 식음을 전폐하고 굶어죽으려 했었다는 얘기를 했던가요? 다행히 나는 늦지 않게 달려갔고, 그녀가 애독하던 주간지에 나와 있던 대로 귀밑머리가 희끗희끗한, 발리 여행에서 돌아온 기사技師를 그녀가 만나게 될 때까지, 그녀의 요구에 부응할 수밖에 없었습니다. 어쨌든, 흔히 말하듯 영원한 정열에 휩쓸려 나를 잊고 모든 죄로부터 해방되기는커녕 내 과오의 무게는 더해지고 일탈은 깊어만 갔습니다. 몇해 동안은 사랑이란 게 어찌나 혐오스럽던지 「장밋빛 인생」이니 「이졸데의 정사情死」 따위의 노래를 듣기만 해도 이가 갈릴 지경이었지요. 그래서 어떤 식으로든 여자에 대한 애욕을 버리고 순결한 상태로 살아보려고 했습니다. 요컨대 이들의 우정만으로도 충분했던 겁니다. 그러나 이것은 결국 그 유희를 단념하게 만들었습니다. 욕망에서 벗어났을 때, 여자들이란 기대 이상으로 재미가 없었고, 그들 또한 나를 따분해하는 게 눈에 띌 정도였으니까요. 이제 연기도 연극도 사라졌으니 나는 아마 진실 속에 있었을 겁니다. 그런데 말입니다, 선생님, 진실이란 게 참 지겨운 것이더군요.

사랑에도 순결에도 절망한 나는 마지막으로 기댈 만한 것이 방탕이라는 걸 알았습니다. 이것은 사랑을 능히 대체할 수 있고, 웃음을 잠재우고 침묵을 되가져오며, 무엇보다 불멸감을 주는 것이니까요. 밤늦게 두 창녀를 상대로 모든 욕망을 채우고 난 뒤, 이들 사이에 누워 맑은 도취감이 어느 정도에 이르면, 희망은 더는 고뇌가 아니며, 정신은 모든 시간 위에 군림하고, 삶의 괴로움은 영원히 끝나버리는 겁니다. 어떤 의미에서, 나는 계속 불멸의 존재로 남고 싶어 줄곧 방탕 속에 살았다고도 볼 수 있습니다. 바로 이것이 내 본성의 핵심이요, 앞서 말했던 대단한 자기애의 결과가 아니었을까요? 그렇습니다, 나는 불멸의 존재가 되고 싶은 욕망에 사로잡혀 미칠 지경이었습니다. 나 자신을 너무도 사랑했기에 이 사랑의 소중한 대상이 영원히 사라지지 않기를 갈망할 수밖에 없었습니다. 정신이 말짱할 때는, 또 조금이라도 저 자신을 안다면, 원숭이 같은 난봉꾼에게 불멸이 주어져야 할 타당한 이유를 발견할 수 없기에 불멸의 대용품들을 스스로 얻을 수밖에 없는 거지요. 영생을 바랐기 때문에 창녀들과 잠을 자고 밤마다 술을 퍼마셨습니다. 물론, 아침이 되면 죽을 수밖에 없는 인간조건의 쓴맛을 입안 가득 느껴야 했습니다만 여러시간 동안 행복에 젖어 하늘을 날 수는 있었지요. 낯 뜨거운 일이지만 그냥 고백해 버릴까요? 아직도 그립고 달콤한 기억으로 남아 있는 밤들이 있답니다. 나는 한 스트립걸을 만나러 너저분한 까바레를 찾곤 했는데, 이 여자는 특별한 호의로 나를 우쭐하게 했지요. 어느날 밤엔 그녀의 체면을 세워주려고 허풍스러운 기둥서방 녀석과 싸움까지 벌였다니까요. 나는 매일 밤 카

운터에 으스대고 앉아, 이 환락장의 먼지와 붉은 불빛 속에서 태연하게 뻔한 거짓말을 늘어놓으며 오래도록 술을 마시곤 했습니다. 그렇게 새벽을 기다렸지요. 그리고 마침내 늘 흐트러져 있는 내 여왕의 침대 속으로 기어들면 그녀는 기계적으로 쾌락에 몸을 내맡긴 뒤 그대로 곯아떨어져버렸습니다. 아침 해가 은은히 이 참상慘狀을 비추면 나는 꼼짝하지 않은 채 영광의 아침 속으로 높이 떠오르곤 했습니다.

고백하건대, 술과 여자들이 내게 제공한 것, 이것만이 내게 걸맞은 유일한 위안이었습니다. 선생님, 내 비법을 알려드린 것이니 두려워하지 말고 한번 해보십시오. 진정한 방탕은 어떤 의무도 만들어내지 않기에 사람을 자유롭게 한다는 걸 알게 될 겁니다. 여기서 소유할 수 있는 것은 오직 저 자신뿐이지요. 그래서 자기 자신을 몹시 사랑하는 사람들이 방탕을 선호하는 겁니다. 이것은 일종의 정글입니다. 미래도 없고, 과거도 없고, 무엇보다 약속이 없으며, 즉각적인 처벌도 없는 그런 정글 말입니다. 방탕이 행해지는 곳은 세상과는 동떨어져 있습니다. 이곳에 들어갈 때는 희망과 마찬가지로 두려움도 던져버리지요. 굳이 사람들과 말을 섞지 않아도 됩니다. 말 없이도 자신이 원하는 바를 얻을 수 있으니까요. 네, 심지어 돈 한푼 없이도 해결될 때가 허다하지요. 아아! 그때 나를 도와주었건만 어느새 잊힌 무명의 여인들에게 각별한 경의를 표하고 싶군요. 지금도 그녀들을 떠올리다보면 내 추억 속에서 뭔지 모를 존경심 같은 감정이 묻어나곤 한답니다.

어쨌거나 나는 온 세상이 내 것인 양 이 해방감을 한껏 이용했습니다. 심지어 어떤 호텔에서는 나이 지긋한 매춘부와 상류층 처녀를 동시에 거느리고 지내며 흔히 죄악이라 부르는 짓을 서슴치 않았습니다. 매춘부를 상대할 때는 귀부인을 모시는 기사 노릇을 하고, 젊은 처녀에게는 몇가지 현실을 깨닫게 해주기까지 했지요. 공교롭게도 이 매춘부는 속물근성이 몹시 강해서 현대적 사고에 매우 개방적인 한 종교 일간지에 자신의 회상기를 기고하는 데 동의했습니다. 한편 젊은 처녀 쪽은 자유분방한 제 본능을 충족시키고 놀라운 재능을 써먹기 위해 결혼해버렸고요. 내가 적잖이 자랑스럽게 여기는 것은 당시 뻔질나게 비난을 받고 있던 한 남성단체에 동인으로 참여하게 되었다는 사실입니다. 그 이야기는 그냥 넘어가도록 하지요. 매우 지성적인 사람들도 남보다 술을 한병 더 마실 수 있다는 걸 큰 자랑으로 여긴다는 건 당신도 잘 알 겁니다. 이렇듯 거리낌 없는 방탕 속에서, 나는 마침내 평화와 자유를 발견할 수도 있었을 겁니다. 그러나 또다시 내 안에서 장애물에 부딪히고 말았지요. 다름 아닌 간에 이상이 생겨버린 겁니다. 갑자기 극심한 피로가 몰려왔는데 이 피로는 아직도 가시지 않고 있습니다. 애써 불멸의 존재인 척해보았으나, 불과 몇주 만에 당장 내일까지 숨이 붙어 있을지도 장담할 수 없는 신세가 되어버린 거지요.

이렇듯 밤의 위업을 포기하고 나서, 이 경험을 통해 얻은 유일한 이득은 삶이 덜 고통스러워졌다는 것입니다. 내 육체를 좀먹는 피로가 내 안에 있는 수많은 민감한 부분들을 함께 잠식해버렸던 겁니다. 무절제한 짓을 할 때마다 활력이 감소하니까 더불어 고통도 줄게 되는 거지요. 방탕이란 흔히 생각하는 것과는 달리 결코 광적인 것이 아닙니다. 단지 긴 수면 같은 것일 뿐이지요. 익히 알고 계시겠지만, 정말 질투심으로 괴로워하는 남자들에겐 자신을 배반했다고 생각하는 여자와 그저 잠자리를 하는 것밖엔 다급한 일이 없습니다. 제 소중한 보물이 변함없이 제 것임을 거듭 확인하고 싶은 것이지요. 속된 말로 이것을 소유하려는 것입니다. 하지만 이렇게 함으로써 즉시 질투심이 좀 가라앉기 때문이기도 합니다. 육체적인 질투는 저 자신에 대한 판단인 동시에 상상의 결과물입니다. 동일한 상황에서 자신이 품었던 저속한 생각을 상대방도 똑같이 품고 있을 거라고 생각하는 겁니다. 다행히 과도한 쾌락은 비판력과 마찬가지로 상상력도 약화시켜버립니다. 그러면 고통은 정욕과 함께, 그것만큼 오래도록 잠들어버리지요. 같은 이유로, 청년들은 첫 애인과 함께 형이상학적 불안을 날려버리고, 사실상 관청으로부터 허가받은 방탕에 불과한 어떤 결혼은 대담성과 창의성을 동시에 장사 지내는 무미건조한 영구차가 되어버립니다. 그렇습니다, 선생님, 속물적인 결혼은 우리나라를 문란한 나라로 만들었고 머지않아 죽음의 문으로 이끌 것입니다.

과장이라고요? 천만에, 과장이 아닙니다. 이야기가 좀 빗나간 것이지요. 다만 이 몇달 동안의 난잡한 생활 속에서 내가 얻었던 이득을 말하고 싶었을 뿐입니다. 그러니까 나는 일종의 안개 속에서 살았습니다. 여기서는 웃음이 희미해지고 마침내 들리지 않게 되었지요. 이미 내 안에 많은 자리를 차지하고 있던 무관심은 이제 어떤 저항도 받지 않고 제 경화증을 확대해나갔습니다. 감정이라는 걸 통 느낄 수가 없었지요! 언제나 한결같은 기분이었으니까요. 아니, 기분이란 게 전혀 없었다고 봐야 할 겁니다. 결핵에 걸린 폐는 굳어지면서 치유되지만 기뻐하는 제 주인을 조금씩 질식시켜나가지요. 병이 치유됨으로써 조용히 죽어가던 나 또한 그랬습니다. 엉뚱한 말실수로 평판이 크게 훼손되고, 무질서한 생활 때문에 공식적인 업무 수행이 순탄치 않았음에도 불구하고, 나는 내 직업으로 생활을 이어갔습니다. 그런데 재미있는 것은, 난잡한 밤의 행동들보다 도발적인 내 발언이 더 큰 비난을 받았다는 점입니다. 이따금 변론 중에 순전히 언어적 표현의 지시물로 하느님神을 언급하곤 했는데, 이것이 의뢰인들에게 불신을 안겨주었던 모양입니다. 제아무리 하늘이라도, 법률에 관한 한 천하무적인 변호사만큼은 자신들의 이익을 보장해줄 수 없을까봐 걱정스러웠던 거지요. 여기서 불과 한 걸음 더 나아가, 이들은 내가 하느님을 들먹이는 것은 무능하기 때문이라는 결론에 이르렀습니다. 내 고객들은 이 한 걸음을 떼었고 그 수가 눈에 띄게 줄었습니다. 그래도 간간이 한번씩은 변호를 했지요. 이따금 내가 하는 말을 나 자신도 믿지 않는다는 사실을 잊은 채 아주 훌륭히 해내기도 했고요. 그저 나 자신의 목소리가 이끄는 대로 따라갔던 겁니다. 예전처럼 하늘 높이 날았던 건 아니고 지면에서 약간 떠올라 저공비행을 했던 셈이지요. 마침내 직업과 관련된 문제가 아니면 사람들을 거의 만나지 않게 되었고, 한두 여자와 시들한 관계를 이어갔을 뿐입니다. 심지어 아무런 욕망도 섞이지 않은, 순전히 우정만으로 밤을 보내는 날들도 있었지요. 좀 다른 점이 있다면, 상대가 하는 말을 듣는 둥 마는 둥 하며 지루함을 참아야 했다는 겁니다. 그러자 살도 좀 찌고 마침내 위기를 넘겼나보다라는 생각이 들더군요. 이제는 그저 나이만 먹어가면 될 일이었습니다.

그러던 어느날, 한 여자친구와 함께 대서양 횡단선에 몸을 싣고 바다를 가로지르던 중이었습니다. 이것이 내 완치를 축하하기 위한 여행이라는 말은 하지 않고 함께 떠나자고 그녀를 설득했었지요. 당연히 나는 상갑판 위에 있었습니다. 갑자기 저 멀리 검푸른 바다 위에, 검은 점 하나가 보이더군요. 얼른 눈길을 돌려버렸으나 가슴이 뛰기 시작했습니다. 마지못해 고개를 돌려 다시 보았을 땐 검은 점은 이미 사라지고 없었습니다. 하마터면 바보같이 소리를 질러 도움을 청할 뻔했던 거지요. 그런데 그 순간, 그 점이 다시 나타났습니다. 알고 보니 배들이 지나가면서 버린 쓰레기들 중 하나였습니다. 그러나 차마 이것을 똑바로 쳐다볼 수가 없었습니다. 즉시 익사자가 연상되었기 때문이지요. 그때 순순히 깨달았습니다. 수년 전 쎈 강 위에서, 내 뒤에서 울려퍼졌던 그 외침이 강물을 따라 도버 해협으로 흘러들어와, 무한한 대서양을 가로질러 유유히 세계로 나아가며 나를 기다리고 있다가, 바로 이날 나와 마주친 것임을 말입니다. 또한 이 외침은 바다든 강이든, 요컨대 내가 세례를 받았던 쓰디쓴 물이 있는 곳이라면 어디서나 나를 기다릴 것임도 알았습니다. 보십시오, 지금 여기서도 우리는 물 위에 있는 것 아닙니까? 평탄하고, 단조롭고, 끝없이 펼쳐져 육지와 경계마저 뚜렷하지 않은 물 말입니다. 여기서 우리가 암스테르담에 도착하리라는 걸 어떻게 믿을 수 있겠습니까? 우리는 결코 이 거대한 성수반에서 벗어나지 못할 겁니다. 들어보십시오! 보이지 않는 갈매기들의 울음소리가 들리지 않습니까? 만약 우리를 향한 부르짖음이라면 대체 무엇 때문에 우리를 부르는 것일까요?

저 갈매기들은, 내가 완치되지 않았으며 여전히 죄책감에 사로잡혀 있다는 것을, 어떻게든 이것을 해결해야 한다는 것을 결정적으로 깨달았던 그날, 이미 대서양 위에서 내게 부르짖었던 바로 그 녀석들입니다. 그렇게, 영광스러운 삶도 끝났지만 또한 분노와 몸부림도 끝이 났습니다. 순순히 굴복하고 자기 죄를 인정하는 수밖에 없었지요. 남은 것은 고난실에서 사는 것뿐이었습니다. 하긴, 당신은 중세 때 고난실이라 불리던 지하 감방을 모르겠군요. 대개의 경우, 한번 들어가면 영원히 빠져나올 수 없었지요. 이것이 여타의 감방들과 다른 점은 교묘한 크기에 있었습니다. 서 있을 수 있을 만큼 높지도 않고 드러누울 수 있을 만큼 넓지도 않아, 엉거주춤 어색한 자세로 대각선으로 지낼 수밖에 없었습니다. 잠이 들면 전락轉落이었고, 깨어 있을 때는 웅크린 자세였지요. 아주 단순한 것이지만 그야말로 천재적인 발상 아닙니까, 선생님? 아무리 생각해도 기발하다니까요. 날마다 몸을 옴짝달싹 못하게 하는 확고부동한 구속에 의해, 이 수형자는 자신이 죄인이며, 무죄란 사지를 맘껏

펼 수 있는 데 있음을 체득하게 되는 것이었지요. 늘 산꼭대기나 상갑판에 오르던 사람이 이런 지하 감방에 갇힌 모습을 상상할 수 있겠습니까? 뭐라고요? 그런 감방에 살면서도 결백할 수 있다고요? 천만에, 어림없는 소리입니다. 그런 일은 절대 있을 수 없습니다! 그렇지 않다면 내 논리는 완전히 낭패가 되고 말 겁니다. 결백이 곱사등이처럼 쪼그리고 살 수밖에 없는 것이라는 가정은 단 한 순간도 인정할 수 없습니다. 게다가, 우리는 어느 누구의 결백도 단언할 수 없는 반면 모든 이들의 유죄성은 확실히 장담할 수 있습니다. 모든 인간은 자신 외에 다른 모든 이들의 범죄를 증언하고 있기 때문이지요. 바로 이것이 내 신념이자 바람이기도 합니다.

종교란 도덕군자인 양 훈계를 늘어놓거나 계율을 강요하기 시작하는 순간부터 오류를 범하는 겁니다. 죄를 만들어내거나 벌을 주는 데 신은 필요치 않습니다. 우리와 똑같은 인간으로도 족하니까요. 우리 자신이 그 일을 돕고 있지 않습니까. 앞서 당신은 최후의 심판을 언급하셨는데, 죄송하지만 내 생각엔 우스운 이야기입니다. 나는 당당히 이것을 기다리고 있습니다. 이보다 더 끔찍한 게 있다는 걸 알고 있으니까요. 바로 인간들의 심판이지요. 인간들에게는 정상참작이란 게 없고 선한 의도조차 죄로 돌려지기 십상입니다. 최소한 가래침 독방에 관해선 들어보셨겠지요? 최근 어느 나라 국민이 자기들이 지구 상에서 최대의 국민임을 증명하려고 고안해냈다는 감방 말입니다. 죄수가 그 안에 서 있기는 하되 옴짝달싹할 수 없게 만든 돌궤짝 같은 감방으로, 이 시멘트 껍질 안에 죄수를 가두고 있는 단단한 문이 그의 턱을 받치고 있지요. 결국 죄수는 얼굴만 밖으로 내보이게 되는데, 여기에다 간수들이 오며 가며 마음껏 침을 뱉어대는 겁니다. 감방 속에서 꼼짝할 수 없는 죄수는 얼굴을 닦을 수도 없고, 그가 할 수 있는 일이라곤 고작 눈을 감는 것뿐이지요. 어떻습니까, 선생님, 이게 바로 인간의 머리에서 나온 발명품입니다. 이 맹랑한 걸작을 만드는 데 신 따윈 필요하지 않았다고요.

그래서요? 그러니까, 신의 유일한 효용성은 결백을 보증하는 일일 것이다, 이 말입니다. 나는 종교를 차라리 대대적인 세탁 작업으로 보고 싶습니다. 실제로, 짧게, 정확히 삼년간 그런 적이 있었지요. 물론 이것은 종교라고 불리지도 않았습니다만. 그후로는 비누가 떨어져서 다들 더러운 몰골로 서로를 비난하고 있는 형국이지요. 우리는 너 나 할 것 없이 다 어리석고 똑같이 처벌받고 있는 처지니, 그냥 서로에게 침을 뱉자. 그리고 주저없이 들어가자. 고난실로! 뭐 이런 식이지요. 문제는 누가 먼저 침을 뱉느냐, 이것뿐입니다. 선생님, 여기서 중대한 비밀을 하나 말씀드리지요. 최후의 심판 따윈 기다리지 마십시오. 그것은 매일 일어나고 있는 일이니까요.

아니, 아무것도 아닙니다. 빌어먹을 습기 때문에 몸서리를 좀 친 것뿐입니다. 그나저나 어느새 도착했군요. 자, 먼저 내리시지요. 아, 좀더 있다가 나와 함께 가십시다. 아직 이야기가 끝나지 않았으니 하던 얘기는 마저 해야지요. 계속 이어간다는 것, 네, 참으로 쉽지 않은 일이지요. 그건 그렇고, 사람들이 왜 그를 십자가에 못 박았는지, 그 이유를 아십니까? 바로 지금 당신 머릿속에 떠올랐을 그 인물 말입니다. 물론, 이유야 아주 많았지요. 한 인간을 죽이는 데는 늘 구구절절 이유가 따르는 법이니까요. 반대로, 인간이 살아야 할 합당한 이유를 대기란 불가능합니다. 바로 이 때문에, 범죄를 변호해줄 이들은 늘 있게 마련이지만 결백을 변호해줄 이들은 가끔 있을 뿐이지요.

그런데 이 비참한 죽음에는 지난 이천년간 아주 그럴듯하게 설명되어온 이유들 외에, 중대한 이유가 하나 있었습니다. 이것을 왜 그리 은밀히 숨기고 있는지는 모르겠습니다만. 아무튼, 진짜 이유는 그 스스로 완전히 결백하지만은 않다는 걸 알고 있었다는 겁니다. 설령 사람들이 고발했던 죄를 무고하게 짊어진 것이 아니었을지라도, 뭔지는 모르겠으나 또다른 죄를 저질렀을 거라는 말이지요. 과연 그가 이것을 몰랐을까요? 어쨌거나 자신 때문에 벌어진 일이었는데 말입니다. 그는 분명 무고한 생명들이 학살당한 얘기를 들었을 겁니다. 그의 부모가 그를 안전한 장소로 옮기는 동안 학살당한 유대인 아이들, 그 때문이 아니라면 이 어린애들이 왜 죽었겠습니까?[21] 물론 그가 이것을 원했던 건 아닙니다. 피에 젖은 병사들과 두 동강난 아이들은 생각만 해도 공포스러웠을 테지요. 아무튼, 우리가 알고 있는 그로서는 결코 이들을 잊어버릴 수 없었을

---

21 신약성서에 수록된 이야기. 이스라엘을 다스리던 헤롯 왕이 유대인의 왕이 탄생했다는 소식을 듣고, 그를 죽이려고 같은 시기에 태어난 모든 유대인 아이들을 죽이라는 명을 내리자, 예수의 부모는 예수를 데리고 이집트로 피신한다.

겁니다. 또 그의 모든 행위들 속에 묻어나는 슬픔, 이것은 자식들의 죽음을 애통해하며 온갖 위로를 마다한 라헬의 목소리를 밤마다 듣던 자의 달랠 길 없는 비애가 아니고 무엇이었겠습니까?[22] 어둠 속에 통곡 소리가 높아지고 라헬은 자신 때문에 죽은 자식들을 애타게 부르는데, 정작 그는 살아 있었던 겁니다!

알아야 할 것을 다 알고, 인간에 관한 모든 것을 체험한 그는— 아! 자신이 죽지 않고 살아남은 것이 남을 죽게 한 것보다 더 무거운 죄라는 걸 어찌 알았겠습니까?—밤낮으로 무고한 자신의 죄와 대면한 나머지, 자신을 유지하고 버텨나가기가 더는 어려웠던 거지요. 차라리 깨끗이 끝내버리는 것이, 자신을 변호하지 않고 죽어버리는 편이 더 낫겠다 싶었던 겁니다. 그리되면 더는 외롭게 살지 않아도 되고, 어쩌면 누군가의 부축을 받을 수도 있는 다른 곳으로 갈 수도 있을 테니까요. 그러나 그는 부축을 받지 못했고 이를 한탄했습니다. 그런데 끝내 이 말마저 삭제되어버린 겁니다. 그렇습니다. 그의 탄식을 삭제하기 시작한 것은 바로 제3복음서[23]의 저자일 겁니다. "어찌하여 나를 버리셨나이까?"라는 외침은 반항의 부르짖음 아니겠습니까? 그래서 싹둑해버린 거지요! 하긴 누가[Luc]가 아무것도 삭제하지 않았다면 이것을 거의 알아채지도 못했을 겁니다. 어쨌거나 이 일이 이토록 크게 부각되지는 않았을 테니까요. 결국 그 검열관은 자신이 금한 것을 오히려 크게 떠들어대고 있는

---

22 구약성서 「예레미야」와 신약성서 「마태복음」에서 인용한 내용이다.
23 신약성서 「누가복음」을 가리킨다.

셈입니다. 세상의 질서 또한 이렇게 양면성을 띠는 법이지요.

　그렇다 해도, 검열을 받은 그 사람은 더는 버텨낼 수가 없었습니다. 이것은 누구보다 내가 잘 알고 있지요. 매 순간, 어떻게 다음 순간까지 연명해야 할지 막막하기만 했던 때가 있었으니까요. 그렇습니다. 우리는 이 세상에서 전쟁을 할 수도 있고, 사랑을 흉내낼 수도 있고, 같은 인간을 괴롭히거나, 신문에서 폼을 잡고 으스대거나, 혹은 그저 뜨개질을 하면서 이웃의 험담을 할 수도 있습니다. 그러나 어떤 경우엔 계속한다는 것, 단지 계속 버틴다는 것 자체가 초인적인 일입니다. 그리고 장담하건대, 그는 초인이 아니었습니다. 그는 단말마의 외침을 내질렀습니다. 바로 그 때문에 나는 그를, 영문도 모른 채 죽어간 내 친구를 사랑합니다.

　불행한 일은 그가 우리만 덜렁 남겨놓고 가버렸다는 겁니다. 그래서 무슨 일이 닥치든, 심지어 고난실에 웅크리고 있을지라도 우리는 홀로 버텨야만 합니다. 그가 알았던 것을 이번엔 우리가 알면서, 그러나 그가 했던 것을 할 수도 없고, 그처럼 죽지도 못한 채 계속 버텨야 하는 것입니다. 사람들은 당연히 그의 죽음을 이용해 이것을 극복해보려고 애를 썼지요. 어쨌든, 그는 우리에게 실로 탁월한 말을 남겼습니다. "너희는 흠 있는 존재들이다. 그렇다, 이것은 명백한 사실이다. 하나, 한 사람씩 해결하지는 않을 것이다! 십자가 위에서, 내가 단번에 이것을 청산해버릴 것이다!" 그런데 지금은 너무 많은 사람들이 십자가 위로 기어오르고 있습니다. 단지 더 멀리서만 자신들을 보아주길 바라면서 말입니다. 이를 위해 아주 오래전부터 거기 있던 사람을 짓밟는 것쯤은 개의치도 않습니다. 무릇 이 숭고한 사랑을 실천해보겠노라며 관대함 따윈 던져버리기로 작정한 자들이 넘쳐나고 있으니, 아! 그에게 가해졌던 부당함이 이제는 내 가슴을 조여오는 것 같습니다.

이런, 옛날 버릇이 또 나오는군요. 변론을 하려 들다니. 죄송합니다, 내게도 나름대로 이유가 있다는 걸 이해해주셨으면 합니다. 여기서 조금 더 가면 한 거리에 '다락에 계신 주님'이라는 박물관이 하나 있습니다. 당시, 이 지방 사람들은 지붕 밑에다 묘를 만들었지요. 여기서는 지하실이 물에 잠기는 터라 달리 방도가 없었던 겁니다. 하지만 지금은 걱정하지 않아도 됩니다. 이들의 주님은 이제 다락에도 지하실에도 없으니까요. 이들은 이것을 제 마음속 깊은 법정에 놓아두었답니다. 그러고는 매질은 물론 심판까지 하지요. 그것도 주님의 이름으로 말입니다. 주님은 죄지은 여인에게 다정히 말했지요. "나도 네 죄를 묻지 않겠다"[24]라고. 그래도 아무 소용이 없습니다. 저들은 단죄를 일삼고 그 누구도 용서하지 않으니까요. '주님의 이름으로 명하노니, 바로 이것이 네가 치러야 할 계산서다'라는 식이지요. 주님의 이름이라뇨? 내 친구는 그렇게 많은 것을 요구하지 않았습니다. 단지 자기를 사랑해주기만을 바랐을 뿐 그 이상 아무것도 바라지 않았다고요. 물론 그를 사랑하는 사람들도 더러 있습니다. 심지어 기독교 신자들 중에서도 있지요. 하지

---

24 신약성서 「요한복음」에 수록된 일화이다.

만 그 수는 손에 꼽을 정도에 불과합니다. 하기야, 그는 이미 이것을 간파하고 있었고 남다른 유머감각까지 보여주었지요. 베드로는 아시다시피, 겁쟁이 베드로는 결국 그를 부인하고 맙니다. "나는 이 사람을 모른다…… 나는 너희가 말하는 이 사람을 알지 못한다……"라고 지껄이면서 말입니다. 모른다는 걸 어쩌면 그리도 강조했는지! 이에 그리스도는 빗대어 말합니다. "이 반석 위에 내 교회를 세우리라."[25] 이보다 더 신랄한 풍자가 또 어디 있겠습니까? 그런데 천만에요, 저들은 아직도 의기양양하게 외쳐댑니다. "보라, 그의 말대로 이루어졌도다!" 실제로 주님은 그렇게 말했습니다. 이렇게 될 줄 훤히 내다보고 있었던 거지요. 그러고는 영원히 떠나버렸습니다. 저들이 심판하고, 단죄하고, 입으로는 용서를 말하면서 속으로는 판결을 내리도록 내버려둔 채 말입니다.

그러나 이제 연민 따윈 없다고 말할 수는 없습니다. 빌어먹을, 그러기는커녕 오히려 더 쉴 새 없이 이것에 관해 떠들어대고 있지요. 다만, 더는 누구에게도 무죄판결을 내리지 않는 것뿐입니다. 죄 없이 죽어간 희생양을 놓고 온갖 종류의 재판관들이 모여 득실거립니다. 그리스도 편도 있고, 적그리스도 편도 있지만 이 둘은 고난실에서 화해했던 한패입니다. 기독교도들만 추궁해선 안될 일이었기에 서로 손을 잡은 거지요. 이 죽음에는 다른 사람들도 가담해 있으니까요. 이 도시에서 데까르뜨를 비호했던 집들 중 하나가

<hr>

25 신약성서 「마태복음」에서 인용한 구절로 베드로는 '반석'이라는 뜻이다.

어찌 되었는지 아십니까? 정신병원이 되었습니다. 네, 그렇습니다. 집단광증과 박해가 난무하는 세상이지요. 우리 또한 불가피하게 이 상황에 놓일 수밖에 없습니다. 이미 알아차렸겠지만 나는 그 어느 것도 용서할 수 없습니다. 당신도 분명 나보다 덜하진 않을 거라고 생각합니다. 이렇듯, 모두가 재판관이므로 너 나 할 것 없이 우리는 서로 타인 앞에서 죄인인 겁니다. 우리 식으로 비열하게 말하면, 모두가 그리스도여서 영문도 모른 채 한명씩 십자가에 못 박히는 것이지요. 내가, 이 끌라망스라는 사람이 출구를 찾지 못했다면, 유일한 해결책인 진리를 찾지 못했다면, 어쨌든 우리는 모두 그리되었을 겁니다……

아니요, 이제 그만하겠습니다, 선생님. 걱정 마십시오! 게다가 이제 헤어져야 합니다. 우리 집 앞에 다 왔거든요. 하나 어쩌겠습니까? 고독 속에 피로까지 겹치다보면 자칫 자신이 예언자인 양 생각하기 십상인걸요. 결국, 나는 이런 인간입니다. 돌덩이와 안개와 썩은 물이 펼쳐져 있는 광야로 피신해 온, 졸렬한 시대의 공허한 예언자. 몸뚱이를 열과 술로 가득 채우고, 곰팡이 낀 문에 등을 붙인 채, 낮게 드리운 하늘을 향해 손가락을 쳐들고, 어떤 심판도 견딜 수 없는, 법 없는 인간들에게 한껏 저주를 퍼붓고 있는 구세주 없는 엘리야.[26] 네, 저들은 결코 심판을 견딜 수 없습니다. 문제는 바로 이것이지요. 법을 따르는 자는 결코 심판을 두려워하지 않습니다.

---

26 이방신들을 공격하고 여호와를 이스라엘의 유일신으로 정착시킨 구약시대의 예언자. 유대인들에게는 구세주 재림의 선구자로 간주된다.

심판이란 그가 믿고 있는 질서 속에다 그를 다시 놓아주는 것이기 때문이지요. 인간에게 주어질 수 있는 최고의 고통은 법 없이 심판받는 것입니다. 그런데 우리가 바로 이 고통 속에 있다, 이겁니다. 본연의 재갈을 잃어버린 재판관들은 사정없이 날뛰며 게걸스레 일을 해치워버립니다. 그렇다면, 당연히 이들보다 앞서 가려고 애쓸 수밖에요. 안 그렇습니까? 그러자니 일대 혼란이 이는 겁니다. 예언자들과 돌팔이 치료사들이 경쟁하듯 늘어나고, 그럴듯한 법이나 완전무결한 조직을 들고 나와 지구가 버려지기 전에 당도하겠다는 듯 다들 서둘러대지요. 다행히, 내가 먼저 도착했습니다! 나는 처음이자 마지막입니다. 이제 내가 법을 선포합니다. 요컨대, 나는 속죄판사입니다.

네, 물론이지요. 이 매력적인 직업에 관해선 내일 말씀드리겠습니다. 모레 떠나신다니 시간이 좀 촉박하군요. 우리 집으로 오시겠어요? 와서 초인종을 세번 눌러주십시오. 빠리로 돌아가실 겁니까? 빠리는 멀지요. 아름다운 곳이고요. 나는 여전히 기억하고 있습니다. 계절로 보아 이맘때쯤, 빠리의 황혼이 아직도 눈에 선하군요. 바싹 마른 건조한 대기 속에 연기로 푸르스름해진 지붕들 위로 어둠이 내리면, 도시는 은밀히 술렁거리고 강물은 상류로 거슬러 오르는 듯 보이지요. 그럴 때면 나는 거리를 헤매곤 했습니다. 그들도 지금쯤 헤매고 있을 겁니다. 안 봐도 훤하거든요! 따분한 아내와 갑갑한 집을 향해 서둘러 가는 척하며 거리를 배회하고 있겠지요……

아! 선생님, 대도시에서 방황하는 고독한 인간이 어떤 것인지 아
십니까……?

자리에 누운 채 손님을 맞아서 송구스럽습니다. 별것 아니에요. 열이 좀 있는데 약 삼아서 진을 마신 겁니다. 이런 증상은 습관이 돼서 익숙하지요. 말라리아인 것 같은데, 내가 교황이던 시절에 감염된 겁니다. 아니요, 농담처럼 들리겠지만 반은 진담입니다. 당신이 지금 무슨 생각을 하고 있는지는 잘 압니다. 내 말이 어디까지 사실이고 어디까지 거짓인지 도무지 갈피를 못 잡겠다는 것일 테지요. 솔직히, 당신 생각이 맞습니다. 나 자신도…… 아무튼, 내 측근 중 하나는 인간을 세 부류로 나누었습니다. 첫째는 거짓말을 해야 하느니 차라리 숨길 만한 비밀을 갖지 않겠다는 부류, 둘째는 숨길 만한 비밀을 갖지 않느니 차라리 거짓말을 하겠다는 부류, 마지막으로 거짓말과 비밀을 둘 다 좋아하는 부류이지요. 내가 어디에 가장 적합한 사람인지는 당신의 선택에 맡기겠습니다.

하긴 이런 게 무슨 상관이겠습니까? 거짓말도 결국 진리를 향한 도상에 있는 것 아닙니까? 내 이야기도 진실이든 거짓이든, 모두 같은 목표를 지향하고 있고, 같은 의미를 지니고 있는 것 아니겠어요? 그러니 어느 경우든 내가 과거에 어떤 인물이었고 또 지금 어떤 인물인지를 알려준다면, 그 진위가 뭐 그리 대수겠습니까? 때로는 진실을 말하는 사람보다 거짓을 말하는 사람의 속이 더 훤히 드러나 보일 때가 있지요. 진실이란 빛처럼 눈을 멀게 하지만 거짓은 아름다운 석양 같아서 각각의 물체를 돋보이게 해주거든요. 아무튼, 이 말을 어떻게 받아들이든 그것은 당신 자유이지만, 포로수용소에 있을 때 나는 교황으로 임명되었습니다.

좀 앉으십시오. 방을 둘러보시는군요. 뭐, 살림살이는 없지만 깨끗하지요. 페르메이르[27]의 그림에서 가구와 냄비들을 빼버리면 꼭 이런 모습일 겁니다. 책도 없습니다. 오래전부터 독서를 하지 않았거든요. 예전엔 집 안에 읽다 만 책들이 가득 차 있었지요. 이것도 거위 간 요리를 살짝만 떼어먹고 나머지는 버리게 만드는 작자들만큼이나 역겨운 일이긴 하지만요. 게다가, 지금은 참회록 외엔 좋아하지도 않습니다. 참회록의 저자들은 무엇보다 참회하지 않으려고, 자신이 알고 있는 것을 조금도 말하지 않으려고 글을 쓰는 겁

---

27 얀 페르메이르(Jan Vermeer, 1632~75). 네덜란드 화가.

니다. 이들이 고백하는 척할 때는 즉시 경계해야 합니다. 시신을 화려하게 분장하려는 것이니까요. 정말이라니까요, 이래 봬도 난 이 방면에 정통한 사람이거든요. 그래서 미련없이 끝내버렸습니다. 더는 책도 읽지 않았고 쓸데없는 물건들도 다 치워버렸지요. 니스를 칠한 깨끗한 관처럼 꼭 필요한 물건만 남겨둔 겁니다. 게다가, 새하얀 씨트가 깔린 이렇게 딱딱한 네덜란드 침대에서는 이미 수의를 입고 순결에 감싸여 죽어가고 있는 거나 마찬가지지요.

내 교황 시절 사건들이 궁금하십니까? 아시겠지만, 진부한 것들뿐입니다. 그걸 말할 기력이 있겠느냐고요? 괜찮습니다, 열이 좀 내린 것 같군요. 아주 오래전 일입니다. 아프리카에 있을 때였는데 롬멜 장군 덕분에 전쟁이 한창이었지요. 아니요, 안심하십시오. 난 거기에 가담하지 않았으니까요. 앞서 유럽 전쟁도 피해버렸는걸요. 물론 소집이야 되었지요. 하지만 실제로 교전을 벌인 적은 한 번도 없습니다. 어떤 면에선 좀 아쉽기도 하지요. 실전을 경험했더라면 아주 많은 것들이 달라졌을지도 모르니까요. 하지만 프랑스군은 나를 전선으로 보낼 필요가 없었습니다. 단지 내게 퇴각하라는 명을 내렸을 뿐이지요. 그후 빠리로 돌아왔고 독일인들을 다시 보게 되었습니다. 나는 당시 소문이 막 돌기 시작한 레지스땅스 운동에 마음이 끌렸는데, 마침 내가 애국자라는 걸 깨달았던 그 무렵이었지요. 지금 웃으십니까? 잘못 생각하신 겁니다. 이것을 깨달은 것은 샤뜰레 지하철역 통로에서였습니다. 개 한마리가 미로 속에서 길을 잃고 헤매고 있었지요. 덩치가 크고 뻣뻣한 털에 한쪽 귀가 찌부러진 녀석이었는데, 호기심 어린 눈으로 뛰어다니며 지나가는 사람들의 장딴지에 코를 들이대고 킁킁거리며 냄새를 맡아댔습니다. 나는 개들을 무척 좋아합니다. 아주 오래전부터 쭉 좋아했었지요. 개들은 언제나 용서해주기 때문입니다. 나는 그 개를 불렀습니다. 녀석은 몹시 반가운 듯 엉덩이를 흔들어대더니 내게서 몇 미터 떨어진 데까지 와서 머뭇거리더군요. 이때, 한 젊은 독일 병사가 씩씩한 걸음으로 나를 지나치더니 개 앞에 이르자 녀석의 머리를 쓰다듬었습니다. 그 동물은 서슴없이 조금 전과 똑같이 반가운 태도로 그 병사를 뒤따랐고, 그와 함께 사라져버렸습니다. 원통함과 그 독일 병사에게 느꼈던 분노의 종류로 보아, 나의 이런 반응을 애국적인 것이라고 인정하지 않을 수 없었습니다. 만약 그 개가 프랑스 시민을 따라갔다면 이런 생각은 하지도 않았겠지요. 하지만 나는 그 사랑스러운 개가 독일군의 마스코트가 되어 있는 모습을 상상했고 이것이 나를 격분하게 만들었습니다. 따라서 이 테스트는 믿을 만한 것이었지요.

나는 레지스땅스에 관해 알아볼 심산으로 남부지구로 갔습니다. 그런데 일단 도착해서 실정을 알고 나자 망설여졌습니다. 내 눈에는 다소 무모한 일처럼, 솔직히 말해 허황된 낭만으로 보였기 때문입니다. 무엇보다 지하활동은 내 기질에 맞지 않았고, 바람이 잘 통하는 꼭대기를 좋아하는 내 취향과도 거리가 멀다고 생각했지요. 내게 몇날 며칠, 지하실에 틀어박혀 태피스트리나 짜라고 명한 뒤, 급기야 난폭한 자들이 들이닥쳐 내가 짠 태피스트리를 찢어버리고 다른 지하실로 끌고 가 죽도록 두들겨팰 것만 같았거든요. 이런 땅속의 영웅주의에 헌신하는 사람들을 보면 감탄스럽기는 했지만 그렇다고 이들을 따를 수는 없었습니다.

그래서 런던으로 갈 수 있으리라는 막연한 기대를 안고 북아프리카로 건너갔습니다. 그러나 아프리카에 당도하자, 이곳 정세가 명확하지 않았고 내가 보기엔 대립 중인 파벌들이 똑같이 옳아 보여서 나는 몸을 사린 채 잠자코 있었습니다. 표정을 보아하니, 당신이 의미있게 여겼던 세세한 부분들을 내가 너무 빨리 지나쳐버린 모양이군요. 좋습니다, 하지만 당신이 어떤 사람인지 그 진가를 간파했기에, 이것들을 빨리 지나가는 것이 오히려 당신의 주목을 끌수 있으리라 여겼던 겁니다. 아무튼, 나는 마침내 인정 많은 한 여자친구가 일자리를 알선해준 튀니지로 갔습니다. 영화계에 종사하는 아주 현명한 여자였지요. 나는 그녀를 따라 튀니지로 간 것이었는데 알제리에 연합군이 상륙한 뒤에야 그녀의 진짜 직업을 알게 되었습니다. 어느날, 그녀는 독일군에 체포되었고 나 역시 얼떨결에 같은 신세가 되고 말았습니다. 그녀가 어찌 되었는지는 모릅니다. 나는 아무런 취조도 받지 않았으나 극심한 공포를 겪고 나서야, 이것이 다름 아닌 보안을 위한 조치였음을 알게 되었지요. 그후 뜨리뽈리 근처의 한 수용소에 수감되었는데, 여기서는 학대보다 갈증과 궁핍이 더 고통스러웠습니다. 그 실상을 자세히 묘사하진 않겠습니다. 우리들, 20세기 후반을 살아가는 사람들은 굳이 설명하지 않아도 이런 종류의 장소란 게 어떤 곳인지 자연스레 머릿속에 그려질 테니까요. 백오십여년 전 사람들은 호수와 숲에 대한 감동을 나누었지만 오늘날 우리는 감방에 대한 서정을 공유하고 있지요. 그러니, 당신의 상상에 맡기도록 하겠습니다. 여기에 몇가지 사항만 덧붙이면 될 겁니다. 더위, 직사광선, 파리, 모래, 물 부족.

그때, 프랑스 청년 하나가 나와 함께 있었는데 신앙이 있는 사람이었습니다. 네, 맞습니다! 정말 동화 같은 이야기이지요. 글쎄요, 뒤게끌랭[28] 같은 인물이라고나 할까요? 그는 싸우기 위해 프랑스에서 에스빠냐로 갔습니다. 그런데 가톨릭 신자인 프랑꼬 장군이 그를 감금해버렸고, 그 프랑꼬파 수용소에서, 말하자면 콩밥마저도 로마 교황의 축복을 받고 있음을 보고 비탄의 수렁에 빠지고 말았습니다. 그후 우연히 이르게 된 아프리카의 하늘도, 이 수용소에서의 한가로운 시간들도 수렁에서 그를 끌어내주진 못했습니다. 이런 고민에다 뜨거운 태양마저 힘을 보태 그는 정신이 약간 이상해졌습니다. 어느날, 납이 줄줄 녹아내릴 지경인 막사 아래서, 우리 수감자들 십여명이 우글거리는 파리들 틈에서 헐떡이고 있었는데, 그는 자신이 로마인이라고 부르는 사내를 향해 또다시 독설을 퍼부어댔습니다. 그는 며칠째 깎지 않은 덥수룩한 수염에다 얼빠진 눈으로 우리를 쳐다보았습니다. 벌거벗은 상반신은 땀으로 흥건했고, 두 손은 앙상한 갈비뼈를 피아노 치듯 두드려댔습니다. 그러고는 우리에게 선언했습니다. 옥좌에 앉아 기도나 하는 교황 대신 이

---

28 베르뜨랑 뒤게끌랭(Bertrand du Guesclin, 1320?~80). 백년전쟁 초기에 활약했던 프랑스의 국민영웅.

불행한 자들과 함께 지내는 새 교황이 필요하며, 이것은 빠를수록 좋을 것이라고요. 그가 머리를 끄덕이며 멍한 눈빛으로 우리를 쏘아보더니 되풀이했습니다. "그래, 맞아, 되도록 빨리!" 그러고는 갑자기 잠잠해지더니 침통한 목소리로 이 교황은 우리 가운데서 뽑아야 하며, 단점과 장점을 모두 고려해 완벽한 사람이어야한다고 말했습니다. 또 이 교황이 자신의 마음과 다른 이들의 마음에 우리 고통의 공동체를 계속 유지해나갈 것을 수락하는 한, 그에게 복종해야 한다고 말했습니다.

"우리 가운데 누가 가장 많은 결점을 갖고 있지?" 그가 물었습니다. 농담으로 손가락을 쳐들었는데 이렇게 한 것은 나 하나뿐이었습니다. "좋아, 그럼 장바띠스뜨에게 이 일을 맡기기로 하자." 아니, 그가 이렇게 말한 것은 아닙니다. 난 그때 다른 이름을 쓰고 있었거든요. 어쨌든, 그는 내가 했던 것처럼 자기 자신을 폭로하는 것은 최대의 미덕을 전제로 하는 것이라며 나를 교황으로 뽑자고 제안했습니다. 나머지 패들도 장난으로 동의했지요. 하지만 어딘가 모르게 진지한 면도 있었습니다. 실은 우리 모두 뒤게끌랭에게 깊은 감동을 받았던 것입니다. 돌이켜보면 나 자신도 완전히 장난이었던 것만은 아닌 것 같습니다. 처음엔 이 맹랑한 예언자의 말에 일리가 있다고 생각했고, 다음엔 뜨거운 태양과 진을 빼는 노동, 물을 얻기 위한 싸움으로 요컨대, 우리가 정신이 좀 나갔던 거지요. 아무튼 나는 몇주 동안, 갈수록 진지하게 이 교황직을 수행했습니다.

어떤 일이었냐고요? 그야, 부리의 수장이나 감방의 서기쯤 되는 그런 것이었지요. 나머지 무리는, 심지어 신앙심이 없는 자들까지도 어찌 됐건 내게 복종하는 습관을 갖게 되었습니다. 뒤게끌랭은 계속 괴로워하고 있었지요. 나는 그의 괴로움을 달래주었고, 이때 교황 노릇 하기가 사람들이 생각하듯 그렇게 쉬운 일이 아니라는 걸 깨달았습니다. 어제도 우리 형제인 재판관들에 관해 모욕적인 말들을 숱하게 쏟아낸 뒤 또다시 이것을 떠올렸을 정도입니다. 수용소에서 가장 큰 문제는 물 분배였습니다. 우리 외에도 정치적이나 종교적으로 뭉친 다른 집단들이 있어서 저마다 제 편에 유리하도록 일을 처리했지요. 나 역시 내 편에 유리하게 일할 수밖에 없었는데 이것은 사소하지만 이미 현실과의 타협이었습니다. 심지어 우리 무리 내에서조차 완벽한 평등을 견지할 수가 없었습니다. 동지들의 건강 상태라든가 담당한 작업에 따라 이런저런 사람에게 특혜를 주었으니까요. 사실, 이런 차별은 한도 끝도 없는 법이지요. 한데 이제 정말 피곤하군요. 그때 일은 더는 생각하고 싶지도 않습니다. 다만, 내가 죽어가는 한 동지의 물을 마셔버린 날, 모든 일이 완전히 원점으로 되돌아가고 말았다는 것만 말씀드리지요. 아니, 아니에요. 뒤게끌랭은 아니었습니다. 그는 이미 죽고 없었을 때일 겁니다. 그는 지나치게 식사를 거부했지요. 또 그가 살아 있었더라면 그를 생각해서라도 나는 좀더 오래 버텼을 겁니다. 그를 사랑했으니까요. 네, 그를 사랑했지요. 적어도 내 생각엔 그랬던 것 같습니다. 그러나 분명한 건 내가 물을 마시면서 스스로를 합리화했다는 겁니다. 나머지 사람들에겐 어차피 죽게 될 이 사람보다 내가 더 필요하다고, 그러니 이들을 위해 나부터 살고 봐야 한다고 말입니다. 선생님, 제국이니 교회니 하는 것들은 바로 이렇게 죽음의 태양 아래서 탄생하는 겁니다. 그리고 어제 했던 얘기들 중 일부를 수정하고 싶은데, 이를 위해 이제는 꿈이었는지 실제였는지조차 알 수 없는 이 모든 것들을 얘기하는 도중에 떠올랐던 중요한 생각을 말씀드려야겠군요. 바로 교황을 용서해야 한다는 것입니다. 우선, 그는 누구보다 더 많이 용서받을 필요가 있으며, 다음으로 이것이 그가 자신을 초월할 수 있는 유일한 방법이기 때문입니다……

참! 대문은 꼭 닫으셨겠지요? 그래요? 그럼 확인을 좀 해주십시오. 죄송합니다. 빗장에 대한 콤플렉스가 있어서요. 잠자리에 들려고만 하면 빗장을 질렀는지 안 질렀는지 통 알 수가 없거든요. 밤마다 확인하려고 일어나야만 하지요. 앞서 말했다시피, 확신할 수 있는 것은 아무것도 없으니까요. 이 같은 빗장에 대한 불안을 보고 내가 겁먹은 부자처럼 반응한다고 생각하진 마십시오. 예전에 나는 집이든 자동차든 자물쇠로 잠그는 법이 없었습니다. 돈을 금고에 넣어두는 일도 없었지요. 소유물에는 집착하지 않았으니까요. 사실을 말하면, 소유한다는 것을 오히려 좀 수치스럽게 여겼습니다. 그렇다고 사교 석상에서 "여러분, 소유란 살인이나 다름없습니다!"라고 당당히 외치는 일은 없었지만요. 내 재산을 누구든 마땅히 받을 만한 가난한 사람과 나눌 만큼 도량이 크질 못했기에, 나는 이것을 잠재적인 도둑들의 처분에 맡겨두었고, 이로써 우연히 부당함이 바로잡히기를 기대했던 겁니다. 게다가, 지금 나는 가진 것이 전혀 없습니다. 그러니 안전 따윈 염려할 필요가 없지요. 대신 나 자신과 마음의 평정을 염려하고 있습니다. 또 내가 왕이요, 교황이요, 재판관인 이 막혀 있는 작은 세계의 문을 단단히 잠그는 데 신경을 곤두세우고 있지요.

그건 그렇고, 저 벽장을 좀 열어주시겠습니까? 네, 그 그림이오, 그걸 봐주십시오. 모르시겠습니까? 바로 「공정한 재판관들」입니다. 놀라지도 않는군요? 그렇다면 당신의 교양에도 어딘가 허술한 데가 있는 겁니다. 하지만 신문을 읽으신다면, 1934년 강^{Gand}의 쌩바봉 대성당에서 발생했던, 반에이크[29]의 유명한 재단화 「신비의 어린양」 중 한 폭이 도난당한 사건을 기억하실 겁니다. 그 한 폭이 바로 「공정한 재판관들」이었습니다. 그 신성한 동물을 경배하기 위해 말을 타고 오는 재판관들을 묘사한 것이지요. 원화가 끝내 발견되지 않았기 때문에 사람들은 그것을 탁월한 모사품으로 대체했습니다. 네, 바로 이것이 진품입니다. 아니요, 나는 그 사건과 전혀 관계가 없습니다. 요전 날 밤, 멕시코시티에서 당신이 보았던 단골손님이, 어느날 밤 술이 잔뜩 취해가지고 고릴라에게 술 한 병 값으로 팔아버린 겁니다. 처음에 나는 그 고릴라 친구에게 어디 좋은 자리에다 걸어두라고 권했습니다. 그래서 전세계가 이것을 찾느라 소란을 떠는 동안, 우리의 경건한 재판관들께선 오래도록 멕시코

---

29 얀 반에이크 (Jan Van Eyck, 1395~1441). 네덜란드 화가. 형 휘베르트(Hubert)와 함께 플랑드르 화파의 기초를 닦았고 유화물감을 최초로 작품에 사용했다. 1432년 완성된 위의 재단화는 병풍 같은 모양으로 총 열두개의 패널로 구성되어 있으며, 재판관들은 왼쪽 하단에 위치한 그림이다.

시티의 주정뱅이들과 기둥서방들 머리 위에서 떡하니 군림하고 있었지요. 그러고 나서 내 요청에 따라 고릴라가 여기에 맡겨두었던 겁니다. 처음엔 떨떠름한 표정으로 선뜻 내켜하지 않더니 내가 사건의 경위를 설명해주자 기겁을 하더군요. 그후로 이 존경할 만한 사법관들께선 내 곁에 있는 유일한 친구가 된 겁니다. 그 집 계산대 위에 이들이 남긴 빈자리를 당신도 봤을 겁니다.

왜 이것을 반환하지 않았느냐고요? 아! 아! 꼭 수사관 같은 반응이로군요, 당신도 참! 좋습니다. 누군가 이 그림이 내 방에 있다는 걸 마침내 알아내기만 한다면, 그때 내가 예심판사에게 답변할 말을 당신에게 해보도록 하지요. 첫째, 이것은 내 것이 아니라 강의 대주교만큼이나 이것을 소유할 자격이 충분한 멕시코시티 주인의 것입니다. 둘째,「신비의 어린양」앞을 줄지어 지나가는 사람들 중, 원화와 모사품을 구분할 수 있는 사람은 아무도 없을 겁니다. 따라서 내 잘못으로 피해를 입는 사람은 아무도 없습니다. 셋째, 이렇게 감춰둠으로써 나는 군림할 수 있습니다. 대중들에게는 가짜 재판관들이 감탄의 대상으로 제시되고 진짜를 아는 것은 나 혼자뿐이기 때문입니다. 넷째, 이렇게 해서 내가 감옥에 갈 기회가 생기기 때문인데, 이것은 어찌 보면 꽤 매력적인 생각이기도 합니다. 다섯째, 이 재판관들은 어린양을 뵈러 가는 길이지만 이제는 어린양도 결백도 존재하지 않습니다. 따라서 이 그림을 훔친 교묘한 범인은 거역하지 말아야 할 미지의 정의에 의해 도구로 사용되었을 뿐입니다. 끝으로, 이로써 세상의 순리를 따를 수 있기 때문입니다.

정의가 무죄와 완전히 분리되어 있는 이상 ─무죄는 십자가 위에, 정의는 저 벽장에 ─나는 소신에 따라 자유로이 일할 수 있는 장場을 갖고 있는 셈입니다. 숱한 좌절과 모순을 겪은 후에 자리 잡은 속죄판사라는 어려운 일을 내 양심에 따라 해나갈 수 있는 거지요. 당신이 떠날 시간이 되었으니, 마지막으로 이 일이 무엇인지 말씀드려야겠군요.

그전에, 일어나서 숨을 좀 편히 쉬어야겠습니다. 아! 정말 피곤하군요! 그 재판관들은 쇠를 좀 채워주십시오. 고맙습니다. 지금 이 순간에도, 나는 속죄판사의 일을 수행하고 있습니다. 평소 내 사무실은 멕시코시티에 있습니다만 자고로 중대한 사명은 일터 밖으로 연장되는 법이지요. 침대에 누워서도, 열이 올라도 나는 소임을 다하고 있습니다. 요컨대, 이 일은 수행하는 게 아니라 끊임없이 호흡하는 것이라고 할 수 있지요. 그렇다고 지난 닷새 동안 단순히 재미삼아 즐기려고 그토록 장황한 이야기를 했다고 생각하진 마십시오. 아니, 예전에는 쓸데없는 빈말을 꽤나 지껄여댔지요. 그러나 지금 내 이야기는 방향이 정해져 있습니다. 그 비웃음을 잠재우고, 겉으로는 빠져나갈 방도가 전혀 없어 보일지라도 직접 심판을 피해보려는 생각을 따라가고 있는 게 분명하니까요. 심판을 피하는 데 커다란 걸림돌은 우리가 누구보다 먼저 자기 자신의 죄를 알고 있다는 사실 아니겠습니까? 따라서 이 유죄선고를 모든 이들에게 무차별적으로 확대할 필요가 있습니다. 그러면 이 선고는 벌써 희미해져버린 거나 마찬가지니까요.

누구에게도 변명이란 결코 있을 수 없다, 이것이 내가 일을 시작할 때 내세우는 원칙입니다. 선한 동기, 존중할 만한 과오, 실수, 정상참작 따윈 일절 인정하지 않습니다. 내 사무실에서는 축복을 빌어주지도 않고 사면을 베푸는 일도 없습니다. 단지 합계를 낸 다음 "당신의 값은 이것이오. 당신은 배덕자인데다 호색한, 허풍쟁이, 남색가, 예술가 등등이오"라는 식이지요. 게다가 아주 매몰찹니다. 나는 정치에서든 철학에서든 인간의 무죄를 거부하는 모든 이론에 동의하며 인간을 죄인으로 취급하는 모든 관행도 찬성합니다. 아시다시피, 선생님, 나는 양식있는 노예제도 신봉자입니다.

사실, 노예제도 없이는 결정적인 해결은 전혀 기대할 수 없습니다. 나는 재빨리 이것을 깨달았습니다. 예전에는 입만 열면 자유를 떠들어댔지요. 아침식사 때 이것을 빵 조각에 발라 하루 종일 씹어댔고, 사람들 속에서도 자유의 향기가 물씬 풍기는 입김을 내뿜고 다녔으니까요. 누구든 이의를 제기하는 사람에겐 이 탁월한 말로 밀어붙였고, 내 욕망과 권력을 위한 도구로 이것을 알뜰하게도 활용했습니다. 침대에서도 잠잠해진 여자들의 귀에다 이 말을 속삭이면 그녀들을 떼어내고 나오는 데 그만이었지요. 이 말을 넌즈시 암시하면…… 이런, 내가 너무 흥분했나봅니다. 도가 지나쳤군요. 하지만 자유를 보다 공정하게 사용한 적도 있었고, 두서너번 이것을 지키려고도 했습니다. 얼마나 순진했던지, 그 때문에 죽을 정도까진 아니었어도 다소 위험을 감수해야만 했지요. 이런 경솔한 행동들은 양해해주셔야 합니다. 내가 무슨 짓을 하고 있는지 나 자신도 몰랐으니까요. 자유란 어떤 보상도 아니고 샴페인을 터트리며 축하할 만한 훈장도 아니라는 것을 미처 몰랐던 겁니다. 또 무슨 선물도 아니고 입술을 즐겁게 해주는 달콤한 과자상자도 아니라는 것을 몰랐던 거지요. 아! 천만에요, 오히려 자유란 고역입니다. 참으로 외롭고 고달프기 짝이 없는 장거리 경주지요. 샴페인도 없고, 다정한 눈빛으로 당신을 바라보며 잔을 들어줄 친구도 전혀 없습니다. 음울한 방에서도 혼자요, 자기 판관들 앞 피고석에서도 혼자요, 저 자신이나 남의 심판 앞에서도 혼자 결정해야 합니다. 게다가 모든 자유의 끝에는 판결이 기다리고 있습니다. 바로 이 때문에 자유란 짊어지기엔 너무 버거운 짐이지요. 특히 열병에 시달릴 때나 마음이 괴로울 때, 혹은 아무도 사랑하지 않을 때는 더욱 그렇습니다.

아! 선생님, 하느님도 없고 주인도 없는 고독한 사람에겐 견뎌야 할 나날의 무게가 너무 가혹할 따름입니다. 따라서 자신을 위해 주인을 선택할 필요가 있는 거지요. 하느님은 이미 유행에 뒤떨어졌으니까요. 게다가 이 말은 이제 아무 의미도 없습니다. 굳이 사용해서 남의 감정을 상하게 할 필요는 없지요. 가령 지극히 근엄하고, 이웃은 물론 모든 것을 사랑하는 우리네 도덕주의자들을 보십시오. 요컨대 이들과 기독교도를 구별해주는 것은 아무것도 없습니다. 단지 교회 안에서 설교를 하지 않는다는 것뿐이지요. 당신 생각에는 대체 무엇이 이들의 개종을 가로막고 있는 것 같습니까? 아마 존경, 뭇 사람들의 경의 때문일 겁니다. 네, 남들의 이목이 두려운 거지요. 이들은 추문을 일으키기를 원치 않기 때문에 제 감정을 드러내지 않고 혼자서만 간직합니다. 내가 아는 어떤 소설가는 이처럼 무신론자이면서도 밤마다 기도를 했습니다. 그렇다고 문제 될 건 전혀 없었지요. 이런 그가 자신의 책 속에서는 하느님에 대해 어떻게 말했겠습니까! 이제는 이름조차 기억나지 않는 누군가 말했듯, 무지막지한 난타였지요! 어느 전투적인 자유사상가에게 이것을 털어놓았더니, 그는 하늘로 두 손을 쳐들고—딱히 어떤 뜻이 담긴 행동은 아니었습니다만—이렇게 개탄했습니다. "별로 새로울 것도 없는 일이죠, 뭐. 그들이 하는 짓이란 죄다 그런 식이니까요." 그의 말대로라면, 우리 작가들 중 80%는 제 이름을 서명하는 것만 아니면 하느님이라는 이름을 쓰고 또 경배했을 겁니다. 그러나 그는 말하길, 이들은 자기 자신을 사랑하기 때문에 서명을 하고, 서로를 미워하기 때문에 어떤 것도 경배하지 않는다고 했습니다. 그럼에도 불구하고 심판을 안하고는 배길 수가 없어서 도덕을 붙잡고 늘어지는 거지요. 요컨대, 이들은 덕망있는 악마주의에 물들어 있는 겁니다. 그야말로 괴상하기 짝이 없는 시대지요! 기풍이 문란해진 것도 놀랄 게 없고, 성실한 남편이었을 때는 무신론자였던 친구가 간통한 뒤 개종해버린 것도 전혀 이상할 게 없다니까요!

아! 음흉한 삼류 희극배우들, 위선자들 같으니! 어찌 보면 참 딱한 위인들이지요. 심지어 하늘에 대고 비난을 퍼부을 때조차도 그 꼴이 딱하기 짝이 없습니다. 무신론자든 독실한 신자든, 모스끄바파든 보스턴파든, 아버지에서 아들로 대물림되어온 기독교도들인 것이지요. 그러나 지금은 바로 이 아버지도 없고 규칙도 없습니다! 모두 자유로워진 겁니다. 따라서 우리 스스로 난관을 헤쳐나가야 합니다. 그런데 이들은 무엇보다 자유와 이에 따르는 판결도 원하지 않기 때문에 자신들을 벌해달라고 기도하고, 가혹한 규칙들을 만들어내고, 정신없이 몰려다니며 교회를 대신할 화형대를 쌓아올리고 있지요. 정말 싸보나롤라[30] 같은 놈들이라니까요. 그런데 이들은 죄만 믿고 은혜는 결코 믿지 않습니다. 물론 이것을 생각이야 늘 하고 있지요. 은혜란 바로 이들이 원하는 것이니까요. 찬성, 신뢰, 삶의 행복, 뭐 이런 것들이나, 또 감상적인 자들이니까 결혼 약속이라든가 순결한 처녀, 올곧은 사람, 음악, 이런 것을 원하고 있지요. 일례로, 감상과는 거리가 먼 나 같은 사람도 무엇을 꿈꾸었는지 아십니까? 온몸과 마음을 남김없이 불사르는 완전한 사랑, 밤낮으로 꼭 끌어안고 쾌락과 흥분에 싸여 오년을 보낸 뒤 깨끗이 죽는 것이었다니까요. 참, 비장하지요!

그런데 결혼 약속도, 변치 않는 사랑도 없으니 폭력과 채찍으로 얼룩진 야만적인 결혼이 될 수밖에요. 중요한 것은, 모든 것이 아이들에게서처럼 단순해지고, 각각의 행위가 지시에 따라 이루어지고, 선과 악이 자의적인 방식으로, 즉 명백한 방식으로 규정되는 것입니다. 나로 말하면, 다분히 야만적인 기질에다 기독교인과는 거리가 먼 사람이지만——비록 이들 중 가장 첫번째 사람[31]에게

----

30 지롤라모 싸보나롤라(Girolamo Savonarola, 1452~98). 이딸리아 종교개혁가.
31 예수 그리스도를 뜻한다.

는 호의를 품고 있어도—여기에 찬성합니다. 빠리의 다리 위에서, 나 또한 자유를 두려워하고 있다는 걸 깨달았기 때문이지요. 그러니 누가 됐든 하늘의 법을 대신할 만한 주인이라면 대환영입니다. "잠시 이 땅에 계신 우리 아버지여…… 우리의 인도자들, 기분 좋게 엄격한 수장들, 오, 가혹하면서도 사랑받는 지도자들이여……" 요컨대, 중요한 것은 자유를 버리고 회한 속에 자신보다 더 망나니 같은 자에게 복종하는 것입니다. 우리 모두가 죄인이 되는 날, 민주주의는 실현될 것입니다. 외롭게 죽어야 하는 것에 대한 복수는 별개로 치더라도 말입니다. 죽음은 고독한 것이나 복종은 집단적인 것입니다. 다른 사람들도 우리와 똑같이 치를 댓가가 있다는 것, 이것이 중요한 것이지요. 결국 모두 모이게 되는 겁니다. 그러나 무릎을 꿇고 머리를 조아린 채로 말입니다.

그러니 사회와 닮은꼴로 살아가는 것이 상책 아니겠습니까? 또 이를 위해 사회가 나를 닮을 필요가 있지 않겠습니까? 협박, 불명예, 경찰 같은 것은 이런 유사성을 위한 성례聖禮인 셈이지요. 멸시받고, 쫓기고, 강요당하게 되면, 비로소 나는 내 진가를 온전히 발휘할 수 있고, 있는 그대로의 나를 즐길 수 있습니다. 요컨대 본연의 모습이 될 수 있는 거지요. 선생님, 바로 이 때문에 엄숙히 자유를 경배했던 내가, 누군지도 모를 자에게 이 자유를 미련없이 맡겨버려야 한다고 은밀히 결심했던 겁니다. 그리고 틈만 나면 멕시코시티의 내 교회에서 선량한 대중을 상대로 이들에게 복종하라고 권했지요. 예속을 참된 자유라고 내세워도 좋으니, 예속이 주는 위안을 겸허히 갈망하라고 말입니다.

　그렇다고 내 머리가 이상해진 것은 아닙니다. 노예제도가 내일 당장 실현되는 게 아니라는 것쯤은 잘 알고 있으니까요. 그것은 장차 주어질 혜택 중 하나에 지나지 않을 겁니다. 그때까지 나는 현재 조건에 만족하며 일시적이나마 뭔가 해결책을 찾아야 합니다. 그러니까 나는 내 어깨의 짐을 덜기 위해, 심판을 만인에게 확대할 만한 또다른 방법을 찾아야만 했습니다. 그리고 결국 찾아냈지요. 창문을 좀 열어주시겠습니까? 방 안이 유난히 덥군요. 너무 열지는 마시고요. 오한도 좀 나니까요. 내 생각은 간단하지만 이익이 되는 것입니다. 자기가 일광욕을 할 권리를 얻기 위해 모든 이들을 물속에 빠뜨리려면 어떻게 해야 할 것인가? 현대의 수많은 유명인사들처럼 설교단에 올라 인류를 저주할 것인가? 이것은 몹시 위험한 발상입니다! 어느날, 낮이나 밤에 별안간 비웃음이 터지고 말 테니까요. 당신이 남들에게 내리는 판결은 결국 당신에게 곧장 되돌아와 상당한 상처를 입힐 것입니다. 그럼 어떻게 해야 되느냐고요? 들어보십시오. 아주 기막힌 방법이 있거든요. 장차 도래할 주인들과 이들의 채찍을 기다리는 동안, 우리가 승리하기 위해서는 코페르니쿠스처럼 추론을 뒤집어야 한다는 사실을 난 깨달았습니다. 자신을 심판하지 않고는 남을 단죄할 수 없는 이상, 남을 심판할 권리를 가지려면 먼저 자신을 신랄하게 비판해야 한다는 것이지요. 모든 심판자가 언제가 되었든 결국 속죄자가 되는 이상, 나는 방향을 반대로 잡아 마지막에 심판자가 되기 위해 먼저 속죄자의 일을 해야 했던 겁니다. 내 말이 이해되십니까? 좋습니다. 좀더 확실히 이해할 수 있도록 내가 어떻게 일하고 있는지를 말씀드리지요.

우선 변호사 사무실을 닫고 빠리를 떠나 여행을 했습니다. 이름을 바꾸고 의뢰인이 부족하지 않을 만한 곳에 개업해 눌러앉을 생각으로 장소를 물색하고 다녔던 거지요. 세상에 이런 곳은 아주 많았습니다. 그러나 우연과 편의와 얄궂은 운명 때문에, 또 고행이 필요하기도 해서 운하로 꽉 조여진 이 물과 안개의 도시를 선택하게 되었습니다. 특히 이곳은 세계 도처에서 사람들이 몰려들어 늘 인파로 붐비는 곳이니까요. 나는 선원들이 많이 모여드는 구역의 한 술집에다 사무실을 차렸습니다. 항구의 고객들은 천차만별이지요. 가난한 자들은 사치스러운 구역에 발을 들여놓지 않는 반면, 지체 높은 양반들은 이미 보셨다시피, 적어도 한달에 한번은 꼭 평판이 좋지 않은 곳에 들르곤 하지요. 내가 노리는 상대는 특히 부르주아, 그것도 길을 잃고 방황하는 부르주아입니다. 내 실력을 유감없이 발휘할 수 있는 상대가 바로 이들이기 때문입니다. 과연 대가다운 솜씨로 이들에게서 가장 세련된 장단을 끌어내거든요.

그래서 얼마 전부터 멕시코시티에서 이 유익한 일을 하고 있는 겁니다. 당신도 이미 경험하셨다시피, 처음엔 되도록이면 자주 공공연히 고백을 하는 겁니다. 거침없이 한껏 나 자신을 비난하는 거지요. 이것은 그리 어렵지 않습니다. 지금은 다 외우고 있으니까요. 하지만 잘 들어보십시오. 나는 상스럽게 가슴을 마구 쳐대며 자책하는 짓 따윈 하지 않습니다. 천만에요, 대신 다양한 뉘앙스를 더

하고 간간이 여담도 곁들여가며 이야기를 유연하게 이끌어가지요. 말하자면 듣는 이에게 맞게 이야기를 조절함으로써 오히려 상대가 더 관심을 갖고 열을 내도록 만드는 겁니다. 나에 관한 일과 다른 이들에 관한 일을 섞기도 하고, 모두에게 공통된 점들, 함께 겪은 고통스러운 경험들, 누구에게나 있는 약점들을 예로 들어가며, 올바른 태도를 말하고, 마침내 내 안에서나 다른 이들에게서 기승을 부리는 것, 즉 현대인에 관한 이야기를 풀어가지요. 이로써 우리 모두의 것이자 어느 누구의 것도 아닌 하나의 초상화를 만들어냅니다. 사육제에서 볼 수 있는 것과 거의 똑같은 일종의 가면이지요. 사실적이면서도 단순화된 것으로, 딱 보면 다들 '아니, 어디서 많이 본 것 같은데!'라고 생각하게 되는 초상입니다. 이 초상이 마무리되면, 오늘 밤처럼 이것을 내보이며 매우 침통한 어조로 말하는 거지요. "아아! 내 꼴이 이렇습니다." 이로써 검사의 논고가 끝난 겁니다. 그러나 동시에, 내가 동시대인들에게 내미는 초상은 하나의 거울이 되어버리지요.

재를 흠뻑 뒤집어쓰고, 머리칼을 서서히 쥐어뜯으며, 얼굴은 손톱으로 할퀴어 있으나 눈빛만은 매섭게 부릅뜨고, 나는 온 인류 앞에서 내 치부들을 돌이켜 간추리고, 내가 만들어내는 효과를 계속 주시하며, "나는 인간말짜 중에서도 말짜요"라고 말하고 있습니다. 그리고 이렇게 이야기하는 도중에 은근슬쩍 '나'에서 '우리'로 넘어갑니다. 그래서 "자, 이게 바로 우리의 몰골이오"라는 대목에 이르면 상황은 이미 종료된 겁니다. 이로써 나는 이들에게 자신들의 실상을 폭로할 수 있는 것이지요. 물론, 나 역시 이들과 다를 게 하나도 없습니다. 우리 모두 똑같은 진창에 빠져 있으니까요. 그럼에도 불구하고 나에겐 우월한 점이 하나 있습니다. 이것을 알고 있다는 사실이지요. 이 점에서 나는 남들보다 우위에 있으므로 이것을 말할 권리가 있는 겁니다. 이것이 유리한 조건이라는 건 당신도 아시리라 믿습니다. 내가 나 자신을 비판하면 할수록 당신을 심판할 권리 또한 커지는 것이지요. 뿐만 아니라 당신이 자신을 심판하도록 부추기는 것이 되므로 내 짐은 그만큼 덜어지는 겁니다. 아! 선생님, 우리는 얼마나 기이하고 비참한 존재들입니까. 조금이라도 자기 삶을 돌아본다면 믿기지 않을 만큼 놀랍고 격분할 일들이 허다하니까요. 당신도 한번 해보십시오. 내 위대한 동포애를 발휘해 당신의 고백을 들어드릴 테니까요. 진심이라고요.

웃지 마십시오! 그래요, 단박에 알아보긴 했습니다만, 확실히 까다로운 고객이로군요. 하지만 당신도 결국 그렇게 될 겁니다. 이건 피할 수 없는 일이니까요. 대부분의 다른 사람들은 이성적이기보다는 감성적이기 때문에 금방 방향을 잃게 할 수 있습니다만 지성인들은 시간이 좀 걸리지요. 이들에겐 그 방법을 철저히 설명해주기만 하면 됩니다. 이들은 이것을 잊지 않고 곰곰이 되새기다 어느 날, 반은 장난삼아, 반은 혼란에 빠져 결국 고백하게 되지요. 당신은 지성적일 뿐 아니라 노련하기까지 한 것 같군요. 하지만 솔직히 털어놓아보십시오. 닷새 전보다 지금, 당신 자신에 대한 만족감이 덜하다는 걸 느끼시지요? 이제 나는 당신이 내게 편지를 보내든가 아니면 다시 찾아오기를 기다리겠습니다. 장담컨대, 당신은 분명 다시 올 겁니다! 나는 변함없이 그대로 있을 테고요. 내게 딱 맞는 행복을 찾았는데 변할 까닭이 뭐가 있겠습니까? 나는 이중성을 한탄하는 대신 그대로 받아들였습니다. 한탄은커녕 오히려 여기 안주하며 일생 동안 찾아왔던 안락을 이 안에서 발견했습니다. 앞서 당신에게, 중요한 것은 심판을 피하는 일이라고 했는데, 사실 이 말은 틀렸습니다. 중요한 것은, 이따금 자신의 치욕을 대중 앞에서 큰 소리로 고백할 각오로, 무엇이든 내키는 대로 할 수 있어야 한다는 것입니다. 나는 전처럼 무엇이든 마음대로 하고 있지만 이번엔 웃음소리가 들리지 않습니다. 그렇다고 삶의 태도가 바뀐 것은 아닙니다. 여전히 나 자신을 사랑하고 다른 이들을 이용하고 있으니까요. 단지 내 잘못을 고백한 것뿐인데, 이것이 한결 가벼운 마음으로 같은 일을 되풀이하게 해주었고, 뿐만 아니라 이중의 즐거움을—처음엔 내 본성을, 그다음엔 가슴이 후련해지는 회한을—누릴 수 있게 해주었습니다.

이렇듯 해결책을 찾은 이후, 나는 무엇에나 몸을 내맡기고 있습니다. 여자든, 오만이든, 권태든, 원한이든, 심지어 열병까지 그 무엇이든 가리지 않습니다. 지금 이 순간에도 다시 오르기 시작한 열과 함께 더없는 쾌감이 느껴지는군요. 마침내 나는 군림하고 있는 겁니다. 그것도 영원히. 나는 다시 정상을 발견했고 이곳에 오른 사람은 나 혼자뿐이니, 여기서 모든 사람을 심판할 수 있습니다. 이따금, 간간이 밤이 정말 아름다울 때, 멀리서 어떤 웃음소리가 들리면 다시 의심이 일기도 합니다. 그러나 재빨리, 인간이든 무엇이든, 모든 것들을 나 자신의 나약함의 무게로 짓눌러버리고 다시 활기찬 모습을 되찾곤 하지요.

그래서 나는 멕시코시티에서 당신이 경의를 표하러 와주기를 언제까지나 기다릴 것입니다. 그나저나 이 담요를 좀 걷어주십시오. 숨을 좀 쉬어야겠습니다. 다시 오실 거지요? 오신다면 내 기술의 세세한 것들까지 다 보여드리도록 하지요. 당신한테는 왠지 모르게 정이 가거든요. 당신은 내가 밤새도록, 자신들이 파렴치한 인간들이라는 것을 그들에게 가르치는 모습을 보게 될 겁니다. 하긴 당장 오늘 밤부터 다시 시작해야겠군요. 이렇게 하지 않고는 배길 수도 없고, 저들 중 하나가 털썩 주저앉아, 술기운을 빌어 제 가슴을 마구 쳐대는 순간을 포기할 수도 없으니까요. 그리되면 나는 커지는 겁니다. 점점 커져서 마음껏 숨을 쉴 수 있지요. 나는 산 위에 있고 눈앞에는 넓은 벌판이 펼쳐져 있습니다. 나 자신이 아버지 하느님인 것처럼 느껴지고, 방탕한 삶과 불량한 행실을 인증하는 결정적 증서를 나눠주는, 아, 그 도취감이란! 나는 네덜란드 하늘 꼭대기에서 비열한 천사들로 둘러싸인 왕좌에 앉아, 최후의 심판을 받으려는 무리들이 안개와 물을 벗어나 나를 향해 올라오는 것을 바라봅니다. 이들은 천천히 올라오고 있으며, 이들 가운데 첫번째 인물이 벌써 도착했습니다. 한 손으로 반쯤 가려진 멍한 그의 얼굴에서, 나는 공통된 인간조건에 대한 슬픔과 이를 피할 수 없다는 절망을 읽습니다. 나는 죄를 사하지 않고 불쌍히 여기며, 용서하지 않고 이해해줄 뿐입니다. 그리고 무엇보다, 아! 마침내 사람들이 나를 경배하고 있음을 느낍니다.

네, 나는 들썩이고 있습니다. 어떻게 가만히 누워 있을 수 있겠습니까? 당신보다 더 높이 있어야 한다고 생각하니 자꾸만 몸이 들리는군요. 그런 밤들마다, 아니 차라리 아침이 낫겠군요. 전락轉落은 새벽녘에 일어나니까요. 그런 아침마다, 나는 밖으로 나가 뭔가에 홀린 듯한 걸음으로 운하를 따라 걷습니다. 창백한 하늘에 새털구름이 엷어지고, 비둘기들이 다소 높이 오르고, 지붕까지 차오른 장밋빛 여명이 내 창조의 새날을 예고합니다. 담라크 거리 위에, 첫 전차가 습기를 머금은 대기 속에 딸랑딸랑 종을 울리며 유럽의 한쪽 끝에서 삶이 깨어남을 알립니다. 이 시간, 온 유럽에서는 내 백성인 수억의 인간들이 기쁨 없는 일터로 향하기 위해 쓴 입맛을 다시며 간신히 침대를 빠져나옵니다. 이때 나는 상념에 실려 나도 모르게 내게 속한 이 대륙 위를 떠돌며, 떠오르는 햇빛을 압생뜨로 마시고, 마침내 고약한 주문呪文에 빠져듭니다. 나는 행복합니다. 정말 행복합니다. 내가 행복하다는 걸 반드시 믿어야만 합니다. 너무 행복해 죽을 것 같습니다! 오, 태양이여, 해변이여, 무역풍에 휩쓸리는 섬들이여, 기억이 절망하는 청춘이여!

다시 눕겠습니다. 용서하십시오. 너무 흥분한 게 아닌지 모르겠군요. 그래도 울지는 않습니다. 누구나 이따금 횡설수설하기도 하고, 행복한 삶의 비결을 발견하고도 명백한 사실을 의심할 때가 있는 법이니까요. 물론, 내 해결책이 이상적인 것은 아닙니다. 하지만 제 삶이 맘에 들지 않아 이것을 바꿀 필요가 있음을 알았을 때, 우리에겐 선택의 여지가 없습니다. 안 그렇습니까? 어떻게 다른 사람이 될 수 있겠습니까? 불가능한 일이지요. 그러자면 어느 누구도 되어선 안되고, 적어도 한번은 누군가가 되기 위해 자신을 잊어버려야 할 텐데, 어떻게 그럴 수 있겠습니까? 너무 다그치지 마십시오. 지금 내 처지가, 언젠가 까페 테라스에서 내 손을 붙들고 놓아주지 않으려 하던 늙은 거지와 마찬가지로군요. 그는 이렇게 말했지요. "선생님, 저는 결코 나쁜 사람이 아니라, 단지 빛을 잃었을 뿐입니다." 네, 맞습니다. 우리는 모두 빛을 잃었고, 아침을 잃었고, 스스로 자신을 용서해주는 고결한 결백을 잃었습니다.

보십시오, 눈이 내리는군요! 아, 이제 나가봐야겠습니다. 백야 속에 잠든 암스테르담, 눈 덮인 작은 다리 아래 거무스름한 비췻빛 운하, 인적없는 거리들, 숨죽인 듯한 내 발걸음, 이것이야말로 내일의 진창에 앞서 잠시나마 맛볼 수 있는 덧없는 순결일 것입니다. 창문에 부딪혀 흩날리는 저 큼직한 눈송이들을 좀 보십시오. 분명 비둘기 떼일 겁니다. 녀석들이 마침내 내려오기로 작정한 모양입니다. 저 사랑스러운 것들은 물도 지붕도 수북한 깃털로 덮어버리고 창문마다 파닥거리고 있습니다. 실로 엄청난 습격이로군요! 좋은 소식을 물어오기를 기대해보자고요. 가령, 선택받은 자들만이 아니라 온 인류가 구원받을 것이라든가, 부귀도 고통도 골고루 나뉘질 거라든가, 당신이 오늘 밤부터 매일 나를 위해 바닥에서 잠을 자게 될 것이라든가, 이런 종류의 소식이라면 뭐든 환영이지요! 한

데, 만약 수레가 하늘에서 내려와 나를 데려간다거나 별안간 흰 눈에 불이 붙는다면 어찌 될까요? 당신은 너무 놀라 어안이 벙벙할겁니다. 그런 건 믿지 않으신다고요? 나 역시 마찬가지입니다. 아무튼, 나는 이제 나가봐야겠습니다.

네, 네, 가만히 있도록 하지요. 걱정하지 마십시오! 하긴, 내 감상이나 망상 들을 너무 믿어선 안되지요. 모두 계획된 것이니까요. 자, 이제 당신이 자신에 관한 이야기를 할 차례로군요. 이로써 열정적인 내 고백의 목적들 중 하나가 이루어졌는지 확인해볼 수 있을 겁니다. 사실, 나는 지금도 내 이야기 상대가 경찰이어서 「공정한 재판관들」을 훔친 혐의로 나를 체포해주기를 바라고 있습니다. 그 밖에 다른 일로는 누구도 나를 체포할 수 없을 테니까요, 안 그렇습니까? 하지만 이 도난 사건만은 명백히 법에 저촉되는 일인데다가 나를 공범으로 몰도록 모든 일을 꾸며놓았습니다. 즉, 이 그림을 몰래 숨겨두고 보기를 원하는 사람에게 보여주는 것이지요. 따라서 당신이 나를 체포해준다면 바람직한 시작이 될 것입니다. 나머지 뒷일은 다음 사람들이 알아서 처리하겠지요. 예컨대, 그들은 나를 참수할지도 모릅니다. 그러나 나는 이로써 더는 죽음을 두려워할 필요가 없으니 마침내 구원받게 될 것입니다. 이때, 운집한 군중들 위로, 아직 생생한 내 머리를 높이 쳐들어주십시오. 이들이 여기서 자신과 닮은 점을 발견할 수 있도록, 또 내가 본보기로서 다시금 이들을 지배할 수 있도록 말입니다. 그리되면 모든 것이 성취될 것이며, 나는 광야에서 외치며 여기서 나오기를 거부하는 거짓 예언자의 소임을 아무도 모르는 사이에 완수하게 될 것입니다.

물론, 당신은 경찰이 아닙니다. 그랬더라면 일이 한결 수월했을 테지요. 뭐라고요? 아! 그럴 줄 알았습니다. 이상하게 당신한테 정이 간다 싶더니 다 이유가 있었군요. 빠리에서 변호사라는 훌륭한 일을 하고 계신다는 말씀이지요? 나와 같은 부류인 줄은 벌써 감을 잡고 있었습니다. 따지고 보면 우리는 결국 모두 같은 부류가 아닐까요? 그 누구에게 하는 것도 아닌 말을 끊임없이 지껄여대고, 그 답을 뻔히 알면서도 늘 똑같은 질문들에 직면해 있으니까요. 그렇다면, 자, 이제 말씀해보십시오. 어느날 저녁, 쎈 강변에서 어떤 일이 있었는지, 또 당신의 목숨을 내던져버릴 위기를 어떻게 이겨냈는지 말입니다. 수년 전부터 밤마다 내 머릿속에서 쉬지 않고 울려대던 말, 결국 내가 당신의 입을 통해 하려는 이 말을, 이제 당신 입으로 직접 내뱉어보십시오. "오, 아가씨, 이번에는 내가 우리 둘을 모두 다 구원할 수 있도록 한번 더 몸을 내던져주십시오!" 한번 더라니, 이 얼마나 무모한 말입니까! 선생님, 한번 상상해보십시오. 사람들이 이 말을 곧이곧대로 믿는다면 어찌 되겠습니까? 그대로 실행하는 수밖에 없겠지요. 부르르……! 물이 얼마나 차가운데요! 하지만 안심하십시오! 지금은 너무 늦었으니까요. 아마 앞으로도 영원히 늦을 겁니다. 천만다행이지요!

인간적인, 너무도 인간적인 휴머니스트

가난을 죽마고우로, 질병을 평생지기로 삼았던 사람. 1, 2차 세계대전이라는 공포와 절망 속에서 인류에 관해, 삶과 죽음에 관해 누구보다 치열하게 고민하고 열정적으로 현장에 뛰어들었던 지식인. 세계 도처에서 자행되는 불의한 폭력과 인권탄압에 맞서 싸웠으며, 특히 알제리 문제에 애정을 갖고 비판의 목소리를 높였던 기자. 일찌감치 이데올로기의 모순을 간파하고 그 편향과 오류를 지적했던 사상가. 어떤 경우에도 현실을 외면하지 않았으나 자유분방했던 예술가. 프랑스인으로는 아홉번째이자 최연소 노벨상 수상자라는 영광을 맛보았던 작가. 그리고 자신의 주장처럼 실로 부조리한 죽음을 맞았던 인물…… 알베르 까뮈. 치열하게 살았던 만큼 세계적인 명성을 얻었으나 동시대 좌우파 어느 쪽에서도 크게 환영받지 못했던 그가 외치고자 했던 것은 무엇인가?『전락』속에 그의 고뇌와 외침이 고스란히 녹아 있다.

싸르트르와 함께 행동하는 지성으로 널리 알려진 그는 대학에서 철학을 공부했고, 신문기자로 날카로운 필치를 과시했으며, 한때 공산당에 가입해 열렬히 투쟁하기도 했다. 그러나 우리에게는 사상가라기보다『이방인』『페스트』의 작가로, 각종 작품을 각색·연출한 예술가로서의 모습이 훨씬 더 친근하게 느껴진다. 더러는 '절망의 철학자'니 '철학도 없으면서 도덕군자인 척하는 모럴리스트'니 하며 그를 깎아내리기도 하지만 역사와 시대 앞에 당당했던 이 자유로운 영혼을 감히 어떤 범주에 가둘 수 있단 말인가. 철학자, 사상가, 기자, 혁명가, 작가, 배우, 연출가, 이 모두가 까뮈의 면면이자 그림자일 것이다. 어쨌건 변함없는 사실은 그가 인간과 삶을 지극히 사랑한 휴머니스트였다는 점이다.『전락』의 주인공 끌라망스의 고백을 통해 그의 생각을 엿볼 수 있다.

단도직입적으로 말해, 나는 삶을 사랑합니다. 이것이 바로 진정한 내 약점이지요. 삶이 아닌 것에 대해서는 어떤 상상도 할 수 없을 만큼 삶에 대한 애착이 강하니까요.

가난, 질병, 죽음, 전쟁과 폭력, 인권탄압 등 인간성을 왜곡하고 짓밟는 모든 것들에 맞서 평생을 부단히 싸워나갔던 까뮈, 그는 니체의 책 제목처럼 '인간적인, 너무나 인간적인' 휴머니스트였다.

그의 사상, 곧 그의 작품 전체를 관통하는 주제는 의심할 여지 없이 '부조리'와 '반항'일 것이다. 부조리는 삶의 의미와 자신의 존재이유를 알고자 하는 인간의 외침과 세계의 불합리한 침묵에서 비롯된다. 인간은 원초적으로 갈망하는 존재이고 이 갈망은 어떤 식으로도 온전히 채워지지 않는다. 하나의 갈망은 또다른 갈망을 부르고, 이것을 충족시키고 나면 어김없이 권태와 공허가 찾아오기 때문이다. 이것은 유한하고 불완전한 인간조건에서 비롯된 거부할 수 없는 숙명이다. 따라서 인간은 늘 세계와 갈등을 빚고 이율배반적인 관계에 놓일 수밖에 없다. 이를 해결하는 방법은 이 조건을 순순히 받아들여 문제 삼지 않거나 절대자의 존재를 인정하고 그에게 순종함으로써 인간의 힘으로는 증명할 수도 해결할 수도 없는 이 문제를 떨쳐버리는 것이다.

이러한 부조리에 대해 까뮈는 어떤 답을 얻었을까? '반항'이다. 영원과 순간, 불멸과 필멸, 무한과 유한, 이러한 이율배반적인 모순에 맞서 인간이 삶의 의미를 찾을 수 있는 길은 무기력한 자살이나 종교로 도피하는 것이 아니라 이에 맞서야 한다는 것이다. 그에게는 부조리한 운명과 세계에 굴하지 않고 반항하는 행위 자체가 삶의 의미이자 존재이유이다. 또 반항은 부조리한 세계와 인간조건에 대한 자각과 성찰에서부터 비롯되며, 이를 통해 진정한 자유인으로 거듭날 수 있게 해준다.

『이방인』과 『시시포스의 신화』는 부조리한 세계에 맞서는 인간의 모습을 잘 보여주고 있으며,『페스트』는 한 단계 나아가 연대의식을 통해 운명을 헤쳐나가는 모습을 그리고 있다. 압도하는 현실, 허약한 육신, 공포스러운 죽음 앞에서 굴하지 않으려는 정신의 저항은 인간존재와 그 존엄함을 일깨워준다. 끊임없이 굴러떨어지는 바위를 산꼭대기로 밀어올려야 하는 시시포스는 부질없는 줄 알면서도 이 행동을 포기하지 않는다. 자신을 짓누르는 힘에 굴복하지 않으려는 노력 자체가 그의 삶의 의미이자 존재이유이기 때문이다. 부조리는 그의 삶의 원동력이다. 이것이 없으면 그의 존재이유도 사라지므로, 역설적으로 부조리는 해결되어서는 안되는 것이기도 하다. 중요한 것은 부조리의 해결이나 결과가 아니라 이에 맞서는 행위 자체이다. 반항은 최대의 공포인 죽음마저도 제 의지에 따른 선택이므로 행복하게 맞을 수 있게 해준다.『전락』의 끌라망스도 뫼르소나 시시포스처럼 죽음과 운명을 당당히 받아들인다.

그렇다고 모든 반항이 다 정당성을 갖는 것은 아니다. 까뮈의 반항은 어디까지나 휴머니즘에 기초하고 있다. 반항이란 죽음에 맞서, 불평의 부정의에 맞서, 허무로부터 우리를 구원할 수 있는 힘, 오직 이 힘을 지닐 때만 정당성을 얻게 된다는 말이다.

까뮈는 종교에 의지하지 않는다. 여기에서는 어떤 실제적인 답도 찾을 수 없다고 보기 때문이다. 오직 자신의 의지에 따라 부조리를 인식하고 내외적으로 저항하고 투쟁하는 것, 여기에 인간의 존엄이 있고 삶의 의미가 있다고 본다.

속죄판사, 장바띠스뜨 끌라망스

끌라망스는 파리에서 명망이 높던 변호사로, 수려한 용모와 기품있는 태도, 탁월한 언변과 화술로 파리의 법조계와 사교계를 주름잡은 그야말로 완벽한 남자였다.

한번 상상해보십시오. 한창나이에, 건강상태는 완벽하고, 재능을 두루 갖추고, 지적인 활동처럼 신체활동에도 능하고, 가난하지도 부유하지도 않고, 잠도 잘 자고, (…) 이만하면 아무리 겸손하게 굴어도 나름대로 성공한 인생이라고 자화자찬할 수 있다는 걸 당신도 인정하지 않을 수 없을 겁니다.

자부심이 하늘을 찔렀고 최고가 아니면 거들떠보지도 않았기에 그는 한동안 허공을 날아다녔다.

이처럼 오랫동안 변함없는 성공을 거둘 수 있도록 모든 사람들 가운데 나 혼자 선택받았다는 느낌이었지요. (…) 이 확신은 나를 오랫동안 일상의 대열 위로 올려주었고, 덕분에 나는 수년 동안 말 그대로 허공을 날아다녔습니다.

그러던 어느날, 쎈 강 다리 위에서 젊은 여자가 투신자살하는 것을 목격하지만 아무 도움도 주지 않고 그대로 지나쳐버린다. 이 사건 이후 그의 삶은 변하기 시작한다. 양심의 목소리가 반응한 것이다. 허공에 높이 떠다니던 그는 저 바닥으로 급속히 굴러떨어지고 서서히 자신의 삶을 반추하기 시작한다. 자신이 누려온 부와 명성, 뭇 사람들의 존경과 칭찬이 모두 허위와 가식으로 부푼 거품이었음이 드러나자 회한이 몰려온다. 여자들을 함부로 대하고 이들의 사랑을 이용해 제 욕망을 채웠던 일, 하늘을 찌르던 오만함, 관용과 선심으로 포장된 위선(관용을 베풀면서도 제 것은 조금도 손해 보지 않으려 했으므로), 집단수용소에서 죽어간 동료 죄수에 대한 죄책감, 세간의 호평과 칭송을 얻기 위한 가식적인 쇼에 불과했던 친절과 배려…… 양심의 조명 아래 과거를 돌아볼수록 위선적이고 이중적인 제 모습과 직면하게 된다.

급기야 끈질긴 회한과 죄책감을 떨쳐버릴 수 없게 된 그는 은신처를 찾아떠난다. 그가 정착한 곳은 암스테르담, 그의 표현을 빌면 "돌덩이와 안개와 썩은 물이 펼쳐져 있는 광야"이다. 왜 암스테르담인가? 죄는 어둠과 통한다. 에덴동산의 아담과 하와가 하느님의 명을 어기고 금단의 열매를 따먹은 뒤 가장 먼저 몸을 가리고 숨었듯, 죄를 의식한 끌라망스가 낮고 어두운 도시로 숨어든 것은 지극히 자연스러운 본성의 발로였을 것이다.

이 절망의 나락에서 끌라망스가 찾은 돌파구는 속죄판사(Juge pénitent)라는 일이다. 그는 여기서 속죄판사로서 제2의 삶을 살기로 작정한다. 참회자 겸 재판관이 되는 것이다. 어찌 보면 이 둘은 양립할 수 없는 조합이다. 참회자는 사면을 구하는 죄인의 입장이고 재판관은 죄인을 심판하는 위치에 있기 때문이다. 죄인이 어떻게 남의 잘못을 심판한단 말인가. 그러나 이 노회한 변호사는 속죄판사라는 일을 통해 이 두가지를 절묘하게 이루어낸다. 스스로 다른 이들을 심판할 정당성을 얻기 위해 먼저 자기 자신을 심판하는 것이다. 타인의 잘못을 지적하기 위해서는 먼저 자신이 이 잘못으로부터 자유로워야한다. 그래야만 그의 비판이 설득력을 지닐 수 있기 때문이다. 참으로 영악한 선택이 아닐 수 없다. 목청을 높이거나 상대를 윽박지르지 않고도 상대로 하여금 자신의 말을 무시할 수 없게 만들고, 마침내 제 편이 될 수 있도록 그는 자기 자신부터 신랄한 비판을 가한다. 좀더 자유롭게, 거리낌 없이 남을 심판하기 위해 서둘러 자신의 과오를 고백하는 것이다.

만약 끌라망스가 참회자로 만족했다면 이 참회는 '내 탓이오'라는 식의 넋두리나 무기력한 외침으로 끝났을 것이고, 재판관이 되기로 했다면 반감과 조롱을 사거나 가진 자들의 폭력에 힘을 더하고 말았을 것이다.

끌라망스는 자신을 그리스도가 세상에 오기 전 인류를 향해 회개하라고 외치던 세례요한에 빗대어 말한다.

결국, 나는 이런 인간입니다. 돌덩이와 안개와 썩은 물이 펼쳐져 있는 광야로 피신해 온, 졸렬한 시대의 공허한 예언자. 몸뚱이를 열과 술로 가득 채우고, 곰팡이 낀 문에 등을 붙인 채, 낮게 드리운 하늘을 향해 손가락을 쳐들고, 어떤 심판도 견딜 수 없는, 법 없는 인간들에게 한껏 저주를 퍼붓고 있는 구세주 없는 엘리야.

이것은 그의 이름에서도 잘 드러난다. '장바띠스뜨 끌라망스'(Jean Baptiste Clamence). '장바띠스뜨'는 세례요한이고 끌라망스는 '외치다'라는 뜻을 지닌 라틴어 'clamo'에서 온 말이다.

그러나 끌라망스의 방법은 광야에서 고독하게 외치던 세례요한의 '순진한' 외침보다 훨씬 지능적이다. 그의 외침은 철저히 계산되어 있고 교묘하기 그지없다.

이 영악한 변호사는 암스테르담의 어느 바에 자리를 잡고 자신의 고객들에게 먼저 자신의 과오를 고백하기 시작한다. 그가 상대하는 고객들은 주로 그와 같은 부르주아이다. 그는 목소리를 높이지도 않고 상대를 비난하지도 않는다. 계산된 씨나리오 안에서 슬쩍 고객에게 다가가 자연스럽게 말을 걸고 먼저 자신의 과거와 잘못을 고백하기 시작한다. 이 달변가는 천부적인 재능을 발휘해 상대를 사로잡고 그로 하여금 자신과 똑같은 자각과 반추에 이르게 한다. 이로써 그가 의도한 대로 또 한명의 속죄판사가 탄생하는 것이다. 이처럼 끌라망스는 속죄판사라는 일을 통해 양립할 수 없을 것처럼 보이는 참회자와 재판관이라는 두가지 임무를 절묘하게 이루어낸다. 까뮈는 이 인물을 통해 극한의 대립으로 치닫고 있던 좌우 양측의 화해를 외치고 있는지도 모른다.

이처럼 끌라망스는 부조리한 세상에 맞서 좌절하거나 물러서지 않고, 속죄판사라는 일을 통해 제 나름의 방식으로 반항하고, 마침내 진정한 자유를 찾아 죽음마저도 의연히 받아들인다.

당신이 나를 체포해준다면 바람직한 시작이 될 것입니다. 나머지 뒷일은 다음 사람들이 알아서 처리하겠지요. 예컨대, 그들은 나를 참수할지도 모릅니다. 그러나 나는 이로써 더이상 죽음을 두려워할 필요가 없으니 마침내 구원받게 될 것입니다. 이때, 운집한 군중들 위로, 아직 생생한 내 머리를 높이 쳐들어주십시오. 이들이 여기서 자신과 닮은 점을 발견할 수 있도록, 또 내가 본보기로서 다시금 이들을 지배할 수 있도록 말입니다. 그리되면 모든 것이 성취될 것이며, 나는 광야에서 외치며 여기서 나오기를 거부하는 거짓 예언자의 소임을 아무도 모르는 사이에 완수하게 될 것입니다.

'전락'이란?

전락은 말 그대로 '굴러떨어진다'는 뜻이며, 이 작품에서는 이중적인 구조로 그려진다. 하나는 끌라망스 자신의 내외적인 변화이고 또 하나는 그를 둘러싼 환경(여정)의 변화이다. 그리고 여기에는 위에서 아래로 끌어내리는 힘이 전제되어 있다.

먼저 주인공의 삶을 살펴보면, 끌라망스는 자신의 고백처럼 '허공을 훨훨 날아다니던' 인물이었다. 주위의 칭찬과 아부에 편승해 모든 면에서—심지어 친절과 겸손함에서도—완벽하고 최고라는 오만이 하늘을 찔렀고 언제 어디서나 자신감이 넘쳐흘렀다. 그러나 한 여성의 자살을 방조한 사건을 계기로 자신의 참모습을 직면하게 되면서부터 그는 전락하기 시작한다. 거품이 사라져버린 자리에 수치와 죄책감이 자리 잡고 그를 압박해오자 그의 삶은 송두리째 흔들리고 어떻게든 살기 위해 은둔처를 찾기에 이른다. 그리하여 높고 화려한 빠리에서 해수면 아래의 도시 암스테르담으로 내려와 어두컴컴한 뒷골목의 한 술집에 정착하기에 이른다. 그는 이곳을 단떼의 『신곡』에 나오는 지옥의 마지막 원, 제9원에 비유한다.

혹 동심원을 그리는 암스테르담의 운하들이 지옥의 원들과 비슷하다는 생각을 해보신 적 있습니까? 그야 물론 악몽으로 가득 찬 부르주아의 지옥이지요. 외부에서 이곳으로 들어와 이 원들을 하나씩 지나가노라면, 그의 인생과 그에 따르는 죄악들이 갈수록 깊어지고 어두워지기 때문입니다. 지금 우리는 여기, 마지막 원에 있습니다.

사실, 지옥의 제9원은 가장 중한 죄인들이 처벌받고 있는 영역이다. 단떼는 여기에 '배반자들', 즉 조국이나 육친이나 은인을 배반한 자들을 배치시킨다. 지옥의 맨 밑바닥에는 제 은인이자 구주인 예수를 팔아넘긴 유다가 마왕 루시퍼에게 씹어먹히고 있다.

그렇다면 까뮈가 말하는 '배반'이란 무엇인가? 끌라망스는 어떤 배반을 했기에 저 높은 데서 이토록 깊은 나락으로 굴러떨어진 것인가? 그의 배반은 적극적이 아닌 수동적인 것이다. 방조, 태만, 현실참여에 대한 거부, 비겁함, 이기심, 개인주의 등이 여기에 속할 것이다. 물론 이런 부류는 직접적인 배반행위가 아니므로 일반적인 의미의 배반으로 보기는 어렵다. 그러나 우리가 대수롭지 않게 넘기는 이 수동적인 행위들이 적극적인 배반 못지않게 부정적인 결과를 낳을 수 있음을 작가는 날카롭게 지적하고 있다. 왜냐하면 이러한 수동성(태만, 냉소, 비열함, 비겁함……)은 허무를 낳고, 허무는 절망을, 절망은 죽음으로 이어질 수 있기 때문이다. 자살의 주요 원인은 삶에 대한 의욕상실, 다시 말해 희망이 없기 때문이 아닌가.

다음으로 끌라망스의 '전락'의 기저에는 그를 저 위에서 바닥으로, 빠리에서 암스테르담으로, 오만에서 겸손으로, 거짓에서 진실로 끌어내린 거대한 힘이 내포되어 있다. 바로 원죄의식이다. 그 안에 내재되어 있는 이 의식이 양심을 자극하고 다시금 인간조건을 돌아보게 만든 것이다. 누구나 자신의 과오를 깨달았을 때, 이를 바

로잡고 다시 한번 제대로 살아보고 싶은 욕망을 느낀다. 끌라망스
도 예외는 아니었다.

　오, 아가씨, 이번에는 내가 우리 둘을 모두 다 구원할 수 있도록 한
번 더 몸을 내던져주십시오!

그러나 불행히도 클라망스는 인류에게 '영원한 전락'형을 선고
한다. 원죄를 지닌 인간, 불완전한 인간에게는 속죄할 길이 없다는
것이다.(단떼의 지옥에서도 구원의 희망은 전혀 없다. 영원한 형벌
만 있을 뿐이다)

　아마 앞으로도 영원히 늦을 겁니다.

그가 구원받을 수 있는 길은 오직 하나, 반항을 통해 제 스스로를
구원하는 길뿐이다.『페스트』에서 연대의식이 부조리에 맞서는 반
항의 무기였다면『전락』에서는 이처럼 의식의 각성이 무기가 된다.
끌라망스는 자신과 같은 속죄판사를 계속 만들어낼 것이고 그
들은 또다른 속죄판사들을 만들어낼 것이다. 우리는 여기서 일말
의 희망을 품어본다. 이들이 거대한 무리를 이루어 외침이 커지면
혹 정의로운 세상이 올 수도 있지 않을까? 그러나 앞서도 말했듯,
까뮈의 관심은 부조리의 해결에 있지 않다. 그의 관심은 오직 부조
리에 대한 각성과 이에 맞서려는 반항 의지를 다지는 것뿐이다.

저는 철학자가 아닙니다. 저는 체계를 믿을 정도로 충분히 이성을 믿는 것은 아닙니다. 제 관심은 어떻게 행동해야 하는지를 아는 것입니다. 더 정확히 말하면 신도 이성도 믿지 않을 때 어떻게 처신할 수 있느냐 하는 것입니다."(1945.12.20)[1]

그는 인간의 힘으로 어쩔 수 없는 운명을 바꾸는 데 관심을 두지 않는다. 그렇기에 종교의 힘을 빌지 않으며 지극히 인간적이고 현실적인 답을 원할 뿐이다. "나는 이 세상이 초월적인 의미를 갖는지 안 갖는지 알지 못한다. 다만 현재로선 이것을 아는 것이 불가능하다는 것을 알 뿐이다."

우리에게 그림자처럼 따라붙는 부조리로부터 벗어날 길은 없다. 자살하거나 종교에 의지하기 전에는. 그러나 까뮈의 선택은 시시포스처럼 부질없는 짓인 줄 알면서도 굴러떨어지는 돌덩이를 끊임없이 들어올리는 것이다. 어떤 운명에도 굴하지 않고 싸워나가는 것, 여기에 그가 갈망하는 자유와 삶의 의미가 있기 때문이다.

끌라망스에게 그러했듯, 우리에게도 불현듯 '전락'의 순간이 찾아올 것이다. 그때마다 믿어왔던 신념과 환상이 깨지고 어쩌면 참담한 진실을 대면하게 될지도 모른다. 까뮈는 말한다. 이런 순간에, 결코 절망하거나 비겁하게 피하지 말라고. 이 부조리한 세상과 운

---

1 알베르 까뮈 「『세르비르』지와의 인터뷰」, 올리비에 토드, 김진식 옮김 『알베르 까뮈 2』, 책세상 1996, 1252~53면.

명에 의연히 맞서라고. 그러나 이토록 거대한 힘에 맞서 끌라망스처럼 죽음마저 의연히 맞이할 수 있으려면 얼마나 많은 훈련과 용기가 필요할 것인가.

유영(번역가)

1913년 11월 7일, 알제리 몽도비(Mondovi)에서 뤼시앵 까뮈(Lucien Camus)와 까뜨린 엘렌 쌩떼스(Catherine Hélène Saintès) 사이의 둘째 아들로 출생. 아버지는 알자스에서 알제리로 건너온 초기 이주민의 후손으로 포도주 제조장이였고 어머니는 스페인계 후손이었다.

1914년 1차 세계대전 발발. 아버지가 징집되어 마른(Marne) 전투에 참전했으나 부상으로 사망한다. 문맹이었던 어머니는 두 아들을 데리고 알제의 빈민가로 이주해서 탄약제조 공장노동자를 거쳐 가정부로 일한다. 까뮈는 어머니, 형과 함께 외가에서 살았는데, 외할머니는 다소 거칠고 권위적이었으며 통 제조공인 외삼촌은 불구였다.

1918년 초등학교 입학. 독서를 좋아하고 총명해서 루이 제르맹(Louis Germain) 선생의 총애를 받는다.

1923년 루이 제르맹의 추천으로 알제 중등학교에 장학생으로 진학.

1926~30년 지드의 『사전꾼들』 『지상의 양식』, 말로의 『서양의 유혹』 『정복자』 『왕도』 등을 탐독.

1928년 알제 대학 골키퍼로 활약.

1930년 폐결핵이 발병해 대학을 중퇴한다.

1932년 그의 사상과 문학에 결정적인 영향을 미치게 될 평생의 스승 장 그르니에(Jean Grenier)와 만난다. 그는 후에 그르니에 교수에게 『안과 겉』(*L'Envers et l'Endroit*) 『반항하는 인간』(*L'Homme révolté*)을 헌정하고 스승의 저서 『섬』(*Les Îles*)의 서문을 쓴다.

1932년 잡지 『쉬드』(*Sud*)에 네편의 비평적 에세이 발표.

1933년 히틀러가 권력을 장악하자 그는 사회문제와 국제정치에 관심을 갖고 반파쇼운동에 참여해 고통받는 자들 편에서 투쟁한다. 말로의 『인간조건』과 프루스트의 작품을 탐독.

1934년 씨몬 이에(Simone Hié)와 결혼했으나 이년 후 이혼한다. 장 그르니에의 권유로 공산당에 가입, 회교 지역 선전 임무를 맡지만 모스끄바 방문으로 공산당과 불화가 생겨 탈당한다.

1935년 『안과 겉』 집필 시작. 각종 기록과 메모를 모은 『작가수첩』 기록 시작. 알제 대학에서 장학금으로 학업을 계속하며 생계를 위해 자동차 부속품 판매인, 선박 중개인, 시청 직원 및 기상대 인턴으로도 일한다.

1936년   대학 졸업. 「기독교적 형이상학과 신플라톤 철학」이라는 주제의
졸업논문 제출.

1935~36년   '노동극단'을 창단해 지중해 문학운동을 전개하고 이후 알제 방
송극단 배우로 지방 순회공연을 갖는다.

1937년   5월 일생일대의 좌절. 한 가닥 희망이었던 철학교수자격시험에서
폐결핵 환자라는 이유로 거부당한다.『안과 겉』출간. 미발표 작품
『행복한 죽음』집필. 요양차 이딸리아 여행. 기행문『결혼』(*Noces*)
발표. 폐결핵이 악화되자 죽음에 대한 불안과 함께 인생의 의미를
숙고하며 쏘렐, 니체, 슈펭글러의 작품을 탐독. 알제리를 떠나 프
랑스로 건너갈 것을 계획한다.

1938년   빠스깔 삐아(Pascal Pia)가 주도하는『알제 레쀠블리깽』(*Alger
Républicain*)의 신문기자로 활동. 말로의『희망』, 싸르트르의 작품
을 탐독. 여기서 싸르트르의 실존이 자신의 것과 다름을 확인한
다.『칼리굴라』(*Caligula*) 집필. 니체, 키르케고르 탐독.

1939년   『결혼』출간. 2차 세계대전 발발.

1940년   『알제 레쀠블리깽』이『쑤아르 레쀠블리깽』(*Soir Républicain*)에 합
병된 뒤 신문이 폐간된다. 당국의 압력이 거세지자『빠리 수아르』
(*Paris Soir*) 편집자로 들어간다. 독일군이 빠리에 입성하자 남프랑
스로 피신한 뒤『빠리 쑤아르』를 사직하고 오랑(Oran)으로 돌아
간다. 피아니스트이자 수학자 프란신 포르(Francine Faure)를 만나
결혼한다.

1941년　　오랑으로 돌아와 잠시 사립학교에서 교편을 잡는다. 『시시포스의 신화』(*Le Mythe de Sisyphe*) 탈고. 오랑 지역에 전염병이 창궐해 『페스트』(*La Peste*) 집필에 영감을 준다.

1942년　　『이방인』(*L'Étranger*) 『시시포스의 신화』 출간. 여름, 폐결핵이 재발하여 샹봉쉬르리뇽에서 요양한다. 세르반떼스, 발자끄, 스피노자 등을 탐독한다.

1943년　　희곡 『오해』(*Le Malentendu*) 탈고. 나찌의 폭력을 비판하는 『독일인 친구에게 보내는 편지』(*Lettres à un ami allemand*) 1신 발표. 갈리마르 출판사 고문으로 일한다. '전투'(Combat) 조직에 참여해 대독 지하운동을 펼친다.

1944년　　장뽈 싸르트르와 만남. 『독일인 친구에게 보내는 편지』 2신 발표. 『오해』 상연. 『전투』 창간호 발간. 빠리 탈환 해방.

1945년　　2차 세계대전 종결. 알제리 쎄띠프에서 발생한 학살과 탄압의 진상을 조사하기 위해 알제리로 떠난다. 『칼리굴라』를 상연해 대성공을 거둔다.

1946년　　작가로서 사상가로서 명성이 높아진 그는 미국을 방문해 하버드 등에서 일련의 강의를 함으로써 대학생들로부터 열렬한 환호를 받는다.

1947년　　『페스트』 출간으로 대성공을 거두어 이듬해 비평가상을 수상한다. 재정적·정치적 문제로 『전투』 편집에서 물러난다. 정치논쟁으로 메를로 뽕띠와 절교.

1948년　　프라하 군사혁명. 알제리 여행. 독재에 반항하는 메시지가 담긴

『계엄령』(*L'État de Siège*)을 상연하지만 엄청난 혹평을 받는다.

1949년   사형제도에 반대하며 사형선고를 받은 공산당원들과 사형수들을 위해 구명을 호소한다. 남미 여행으로 건강이 악화된다. 『정의의 사람들』(*Les Justes*) 초연으로 성공을 거둔다.

1950년   『시사평론 1』(*Actuelles I, Chroniques 1944~48*) 간행. 남미 여행으로 지친 몸을 달래려고 그리스 근교에서 휴양한 뒤 보주 산악지방에서 여름을 보내며 건강을 회복한다.

1951년   『반항하는 인간』 출간. 그가 한때 몸담았던 좌익에 대한 비판으로 논쟁을 불러일으킨다.

1952년   까뮈보다 더 열정적이고 혁명적이었던 싸르트르와 결별. 유엔이 프랑꼬 치하의 에스빠냐를 회원국으로 받아들이자 유네스코 임원직을 사임한다. 사설『최초의 인간』『적지와 왕국』과 희곡『동주앙』『악령』의 각색을 구상한다. 알제리 남부지역을 방문한다.

1953년   『시사평론 2』(*Actuelles II, Chroniques 1948~53*) 출간. 동베를린 폭동이 일자 주동자들을 옹호. 『십자가에의 예배』(*La Dévotion à la Croix*)와 『정령들』(*Les Esprits*) 각색.

1954년   『여름』(*L'Été*) 출간. 인도차이나 디엔비엔푸 기지 함락과 북아프리카 사태에 관심을 갖고 인도주의적 입장에서 조국 프랑스에 대한 비판도 서슴지 않으며 민족주의자들을 옹호한다. 산문집『여름』출간. 이딸리아를 여행하며 순회강연.

1955년   그리스 여행. 자유주의적 중도좌파 신문『렉스프레스』(*L'Express*)에서 기자 활동 재개. 까뮈는 여기서 특히 알제리 문제를 위한 글을 쓰며 좌우 극단이 아닌 제3의 해결책이 있음을 보여주고자 애쓴다.

1956년 알제리 전쟁의 휴전을 호소하며 프랑스에 대항한 알제리 민족주의자들과 자유주의자들의 구명운동에 참여한다. 『렉스프레스』에 기고 중단. 『전락』(*La Chute*) 출간. 폴란드 민중봉기의 무력진압에 대한 항의문에 서명.

1957년 『적지와 왕국』(*L'Exil et le Royaume*) 출간. 아서 케스틀러(Arther Koestler), 장 블로흐미셸(Jean Bloch-Michel)과 공동 저술한 『사형제도의 재고』(*Réflexions sur la peine capitale*)의 「단두대에 대한 성찰」에서 사형폐지론을 주장. 10월 노벨문학상 수상. 프랑스인으로 아홉번째이자 최연소 수상자라는 영예를 얻는다.

1958년 연설집 『스웨덴 연설』(*Discours de Suède*) 출간. 『안과 겉』 재출간. 알제리 연대기 『시사평론 3』(*Actuelles III, Chroniques algériennes, 1939~58*)이 블랑슈 총서로 출간되었으나 아무런 관심도 평가도 받지 못한다. 다섯번째로 그리스 여행을 떠나고, 여기서 돌아와 알제리로 향한다.

1959년 도스또옙스끼의 『악령』을 각색·연출, 상연. 자전적 소설 『최초의 인간』(*Le Premier Homme*) 집필에 열중한다.

1960년 남프랑스 루르마랭에서 미셸 갈리마르가 운전하는 차를 타고 빠리로 향하던 중 몽트뢰 근교 빌블르뱅에서 차가 가로수를 들이받아 즉사한다.

고전의 새로운 기준, 창비세계문학

오늘날 우리는 인간의 존엄과 개성이 매몰되어가는 시대를 살고 있다. 물질만능과 승자독식을 강요하는 자본주의가 전지구적으로 확산되면서 현대사회는 더 황폐해지고 삶의 질은 크게 훼손되었다. 경제성장만이 최고의 선으로 인정되고 상업주의에 물든 문화소비가 삶을 지배할수록 문학은 점점 더 변방으로 밀려나고 있다. 삶의 본질을 성찰하는 문학의 자리가 위축되는 세계에서는 가진 자와 못 가진 자 할 것 없이 모두가 불행할 수밖에 없다.

이 시대야말로 인간답게 산다는 것의 의미가 무엇인지 근본적인 화두를 다시 던지고 사유의 모험을 떠나야 할 때다. 우리는 그 여정에 반드시 필요한 벗과 스승이 다름 아닌 세계문학의 고전이라는 점을 강조한다. 고전에는 다양한 전통과 문화를 쌓아올린 공동체의 경험이 녹아들어 있고, 세계와 존재에 대한 탁월한 개인들의 치열한 탐색이 기록되어 있으며, 새로운 세상을 꿈꾸는 아름다운 도전과 눈물이 아로새겨 있기 때문이다. 이 무궁무진한 상상력의 보고이자 살아 있는 문화유산을 되새길 때만 개인의 일상에서 참다운 인간적 가치를 실현하고 근대적 삶의 의미와 한계를 성찰하는 지혜를 얻을 수 있을 것이다.

'창비세계문학'은 이러한 문제의식에서 출발한다. 세계문학의 참의미를 되새겨 '지금 여기'의 관점으로 우리의 정전을 재구성해야 할 필요성이 그 어느 때보다 절실하다. '정전'이란 본디 고정된 목록으로 존재하는 것이 아니라 그때그때 주어진 처소에서 새롭게 재구성됨으로써 생명을 이어가는 것이다. 우리는 먼저 전세계 문학들의 다양성과 차이를 존중하면서 국가와 민족, 언어의 경계를 넘어 보편적 가치에 기여할 수 있는 가능성에 주목하고자 한다. 근대를 깊이 성찰한 서양문학뿐 아니라 아시아와 라틴아메리카, 중동과 아프리카 등 비서구권 문학의 성취를 발굴하고 재평가하는 것 역시 세계문학의 지형도를 다시 그리려는 창비의 필수적인 작업이 될 것이다.

여러 전집들이 나와 있는 세계문학 시장에서 '창비세계문학'은 세계문학 독서의 새로운 기준이 되고자 한다. 참신하고 폭넓으면서도 엄정한 기획, 원작의 의도와 문체를 살려내는 적확하고 충실한 번역, 그리고 완성도 높은 책의 품질이 그 기초이다. 독서시장을 왜곡하는 값싼 유행과 상업주의에 맞서 문학정신을 굳건히 세우며, 안팎의 조언과 비판에 귀 기울이고 독자들과 꾸준히 소통하면서 진정 이 시대가 요구하는 세계문학이 무엇인지 되묻고 갱신해나갈 것이다.

1966년 계간 『창작과비평』을 창간한 이래 한국문학을 풍성하게 하고 민족문학과 세계문학 담론을 주도해온 창비가 오직 좋은 책으로 독자와 함께해왔듯, '창비세계문학' 역시 그러한 항심을 지켜나갈 것이다. '창비세계문학'이 다른 시공간에서 우리와 닮은 삶을 만나게 해주고, 가보지 못한 길을 걷게 하며, 그 길 끝에서 새로운 길을 열어주기를 소망한다. 또한 무한경쟁에 내몰린 젊은이와 청소년들에게 삶의 소중함과 기쁨을 일깨워주기를 바란다. 목록을 쌓아갈수록 '창비세계문학'이 독자들의 사랑으로 무르익고 그 감동이 세대를 넘나들며 이어진다면 더없는 보람이겠다.

2012년 가을
창비세계문학 기획위원회
김현균 서은혜 석영중 이욱연 임홍배 정혜용 한기욱

창비세계문학 11

전락

초판 1쇄 발행 / 2012년 10월 5일
초판 6쇄 발행 / 2024년 8월 19일

지은이 / 알베르 까뮈
옮긴이 / 유영
펴낸이 / 염종선
책임편집 / 심하은
펴낸곳 / (주)창비
등록 / 1986년 8월 5일 제85호
주소 / 10881 경기도 파주시 회동길 184
전화 / 031-955-3333
팩시밀리 / 영업 031-955-3399 편집 031-955-3400
홈페이지 / www.changbi.com
전자우편 / lit@changbi.com